o último dia da vida de um homem

J. P. HUPPES

o último dia da vida de um homem

Pandorga
SÃO PAULO 2024

Todos os direitos reservados
Copyright © 2024 by Editora Pandorga

Direção Editorial Silvia Vasconcelos
Produção Editorial SSegovia Editorial
Revisão Ricardo Marques
Marsely De Marco
Diagramação Claudio Tito Braghini Junior
Capa Dimitry Uziel

Dados Internacionais de Catalogação na Publicação (CIP) de acordo com ISDB

H958u| Huppes, João Paulo
O ultimo dia da vida de um homem / João Paulo Huppes. - Cotia : Pandorga, 2024.
176 p. : il. ; 16cm x 23cm.
ISBN: 978-65-5579-272-0
1. Literatura brasileira. 2. Ficção. I. Título.

2024-4096
CDD 869.8992
CDU 821.134.3(81)

Elaborado por Odilio Hilario Moreira Junior - CRB-8/9949
Índice para catálogo sistemático:
1. Literatura brasileira : Ficção 869.8992
2. Literatura brasileira : Ficção 821.134.3(81)

2024
Impresso no Brasil
Printed in Brasil
Direitos cedidos para edição à Editora Pandorga
Rodovia Raposo Tavares, km 22.
CEP: 06709-015 - Lageadinho - Cotia - SP
TEL. (11) 4612-6404
www.editorapandorga.com.br

Para S. J. C.

"Muitos dos que estão mortos e enterrados ressuscitarão, alguns para a vida eterna e outros para a vergonha e a desonra eterna" (Daniel 12:2).

"Ao entrarem no túmulo, viram um jovem vestido de branco sentado do lado direito. Ficaram assustadas, mas ele disse: 'Não tenham medo. Vocês procuram Jesus de Nazaré, que foi crucificado. Ele não está aqui. Ressuscitou! Vejam, este é o lugar onde haviam colocado seu corpo. Agora vão e digam aos discípulos, incluindo Pedro, que Jesus vai adiante deles à Galileia. Vocês o verão lá, como ele lhes disse'"(Marcos 16:5-7).

"Mas Cristo de fato ressuscitou dos mortos. Ele é o primeiro fruto da colheita de todos que adormecem" (I Coríntios 15:20).

"[...] Nunca mais morrerão. Nesse sentido, serão como os anjos. São filhos de Deus e filhos da ressurreição" (Lucas 20:36).

... Eis os demônios que habitam em mim, eu os deixo aqui.

Prólogo

— ... Acorda...
— ... A corda...
A corda castiga.
"Acorda..."
"A cor-da"
A corda castiga... Ou liberta?
"Liberta. Livra. Livra? Livra!"
"Acorda!"
"Não. Não? Liberdade!..."
"A corda!"
"Liberdade?"
Acorda!
A corda!
Tudo estava tranquilo, tudo estava sereno, em nada se apercebendo um cenário de morte. O mundo seguia seus gírios ininterruptos, não se dando ao luxo de parar um momento que fosse para lamentar a morte, mais outra pálida morte de um homem qualquer.
Acorda!
A corda!
O jovem elegante ressurgiu à sua frente.
"A corda!"
"Acorda!"
Chegara a hora.
"Acorda!"
"A CORDA!"

Prendeu a corda, enrolando-a por dentro de uma das passadas da cinta. Rodeou o tronco grosso da árvore, à procura do melhor lugar em que pudesse escalar. Encontrando-o, firmou uma das mãos em um nó do tronco, a mais de um metro e meio das raízes e, empurrando com os pés que se aderiam à casca rígida da árvore, impulsionou o corpo até o galho mais baixo. Partindo deste, alcançou o segundo, um galho muito grosso e muito alongado, acima do solo mais de três metros. Sentou-se sobre ele e, deslizando por sua extensão, aproximou-se da ponta. Sacou a corda da passada da calça em que a havia prendido, desfazendo as voltas. Passou uma das pontas pela circunferência do galho enquanto a ponta oposta envolveu-a em torno do próprio pescoço, prendendo-a com um nó.

"O diabo nos convence não com arrancos, mas com sutilezas".

Ergueu os joelhos, que tremiam ao buscar o equilíbrio, ficando de pé sobre o galho. Cerrou os olhos e saltou.

I.
O despertar dos mortos[1]

Gênesis 2:18

Já era tarde quando acordou.

Na verdade, já era muito tarde quando acordou.

"Acor-...da...".

Seguia com isso, pelo menos no último ano recente quase inteiro, o regime habitual ao qual se consagrava todas as manhãs: retardar-se o quanto mais possível ao abrigo do leito.

Os olhos, anestesiados ainda pelo trabalho do sono, esgueiraram-se num lento e preguiçoso trajeto pela meia obscuridade do quarto.

"... a-cor-da...".

Sentiu, causando-lhe a sensação de cócegas, algo penugento lhe acariciar o rosto.

— Bom dia... Acorda! — murmuravam-lhe em sussurros as vibrações de uma voz na qual a candidez repousara, semelhante aos floreios das ondas de um mar sereno que estende as notas flutuantes de seu violino espumoso sobre a areia da orla.

Compridos cordões banhados no ouro que eram o louro de seus cabelos, impregnados do doce cheiro que expelem as rosas de suas pétalas quando o sol as abre por excitamentos de seus raios tépidos, estendiam-se, delicadamente, sobre sua face, em que o sono ainda deixara seus recentes meandros enquanto,

---

[1] *The Waste Land, I. The Burial of Dead*, de T. S. Eliot.

tendo-lhe ao pé do ouvido, subindo-lhe pela espinha até lhe atingir o alto do pescoço, numa sensação em que ao desconforto fundia-se o prazer, o sopro de seus lábios, fremindo a epiderme em arrepios extasiantes:

"Bom dia, meu amor!"

Olhos enormes, do âmago dos quais saltavam enormes e cintilantes esmeraldas, semelhantes e talvez até maiores e mais esplêndidas do que o brilho das próprias estrelas, encaravam-lhe, sem pestanejar, e aos cantos destes mesmos olhos se viam esboçar a limpidez de um sorriso mágico, que só para ele existia.

Ela lhe lançava à boca seus lábios cálidos, os quais enchia das sutilezas de seu carinho e de sua ternura; depois, beijava-lhes as hastes e a ponta do nariz; depois, as maçãs do rosto, arrebatando-lhe com o abraço mais forte do mundo, indo aninhar-se, assim como o faz uma pequenina ave que se acolhe à sombra das vigorosas asas de sua mãe, aos braços e ao peito dele.

"Acorda, amor". "A corda".

Os olhos, anestesiados ainda pelo trabalho do sono, esgueiraram-se num lento e preguiçoso trajeto, em que se puseram a lutar contra a luminosidade que invadia, na forma de frinchas douradas, entre as frestas de cada uma das folhas da veneziana em cujas linhas diáfanas flutuavam andejas gotículas de poeira, o quarto entregue à semiobscuridade. "Acorda!"

Esfregou os olhos macilentos na tentativa de expulsar os resquícios de sono e da fadiga que lhe teimavam persistir no corpo.

A corda!

"Vivo. Ainda...", ocorreu-lhe o primeiro pensamento.

Estendeu, num gesto involuntário, deixando-o deslizar sobre a superfície lisa do lençol, um dos braços em direção ao travesseiro onde, outrora, em todas as manhãs, saberia repousar a exuberante cabeleira dourada da esposa. Ela então sustentava sua cabeça sobre o apoio do cotovelo dobrado, e ficava a mirar-lhe, soberana em sua tranquilidade de espírito, que se aflorava nos moldes de um sorriso acachapante, dentro do qual envolvia a alma do marido. Sentiu-o, porém, vazio, perpassado pelo frio da ausência.

Em um movimento abrupto, pôs-se sentado. Ergueu ambos os joelhos à altura do peito; as coxas comprimiram a barriga. Ainda ousou, como se o tato o pudesse haver traído, olhar para o lado, certificando-se de que realmente não haveria de encontrá-la mais ali. Era a amargura renovada em cada manhã.

"Os mortos nunca regressam à vida", pensou.

Sentidos inermes, lembranças suspensas, como todo homem, regressava à existência. Era a sua consciência recobrada.

Era-lhe reconfortante, o único momento reconfortante – se se pode dizer assim de alguém na situação em que se encontrava –, o espaço curto que vai dos estados vacilantes e incertos da vigília, quando a mente ainda não ultrapassara de todo a fronteira entre o mundo dos sonhos e o mundo real, até o despertar efetivo da consciência, pois, parecia-lhe, havia sempre, ressurgindo em toda manhã na forma de uma pequena centelha de luz a agitar-se em sua alma, ainda que débil, é verdade, nem por isso menos vívida, a passageira esperança de que encontraria tudo em seu devido lugar – a começar pela presença da esposa ao seu lado, é claro.

"Os mortos nunca regressam à vida".

Perdeu-se ainda, não encontrando em si forças nem ânimo, menos ânimo do que forças, é certo, perdeu-se ainda em pensamentos esparsos pelos quais se deixava conduzir livremente. Esta era uma prática, após meses sucessivos de repetições matinais, em que acabara encontrando relativo regozijo (dentro dos limites de "regozijo" que um homem na sua condição era ainda capaz de achar, e que, de fato, eram poucos os regozijos ou quase nenhum).

Mas que pensamentos sinistros eram estes que agora e já há algum tempo rondavam a cabeça dele sem cessar. Eram, sem dúvidas, verdadeiros pensamentos de morte os que lhe rondavam, sem cessar, a cabeça. Nem ele mesmo, se se desse ao trabalho, poderia determinar com absoluta exatidão, sem margens para eventuais equívocos, onde e sequer quando aqueles pensamentos sinistros lhe ocorreram pela primeira vez. Surgiram-lhe, e isso poderia determinar com absoluta exatidão, sem margens para eventuais equívocos, quaisquer eventuais equívocos, sejamos claros, na forma de sombras intempestivas; e, como sombras intempestivas, progressivamente, ruindo cada e todas as resistências que se pudessem sustentar contra tais pensamentos a limpidez de uma razão sã, estenderam seu véu de trevas sobre todo o seu ser, que se tornara, então, todo trevas, todo escuridão.

Lá fora, distante, desde a primeira hora em que o sol despontara como uma esfera gigante nas bordas do Oriente, escalando sobre a grande elevação do terreno na ponta oeste da propriedade, exatamente onde a velha estrada de chão – à beirada dela, como um ancião em que as intempéries do tempo e o próprio decorrer dos anos moldaram-lhe a robustez e a autossuficiência, um grande pinheiro pairava – cortava as lavouras da família em duas metades simétricas, chegando-lhe aos ouvidos em ecos nostálgicos, redobrando-lhe dentro da alma a agonia, a lamúria do gado, que, ele sabia, aguardava ansiosamente por quem lhe conduzisse às pastagens.

"Fome".

"Sempre morrendo de fome".

Mas, para sua infelicidade, a fome nunca lhes chegava a roubar a vida. Ele sim, ele não escaparia "dela", hoje mesmo, indo ao encontro "dela, cumprindo as exigências do destino", sem nada temer, "a recebendo de braços abertos, como uma amiga, uma grande amiga, como uma anfitriã que dispõe sobre a mesa do banquete que serve aos convivas os pratos da liberdade e do alívio, da inexistência, sim, é verdade, mas também da liberdade. Acima de tudo, a li-ber-da-de!".

"Para eles, tudo simples. Preocupação? Apenas uma única preocupação: encherem a barriga. Nada mais interessa, nada mais existe, nada mais importa, exceto encher a pança".

"Des-ti-no? Não! Fizemos nosso destino, o nosso próprio destino fizemos, não dando contas do que quer que seja a quem quer que for. Nem forças, nem deuses, nem nada, nada existe acima de nós nos velando cuidados, ou nos orientando, ou nos esperando com o martelo de sentenças que poderia então recair sobre nós, sobre nossas escolhas, sobre o destino que escolhemos tomar para nós... Nada, nem ninguém... nada. Destino...? Não. Eu sou, eu faço o meu próprio destino! E isso basta!"

"Bom dia, amor". "Bom di-...a...".

Às vezes, e eram de fato raras essas vezes – era a esposa quem acordava muito cedo, fazendo muito estrondo, emitindo tamanha alegria e espontaneidade em seus gestos, como o de escancarar as folhas da janela, ferindo os olhos do marido com a claridade do sol, o que muito lhe causava irritação, porém, logo desarmada pelo sorriso que se via formar naquele rosto belo e angelical, sorriso que se derramava como uma essência inebriante sobre todo o ser dele – às vezes, antecipava-se à mulher; ficava minutos inteiros contemplando-a mergulhada em seu sono profundo. Separava, com a ponta dos dedos, tomando toda precaução para que não a acordasse, a franja do cabelo que recaía com teimosia sobre a testa larga. Com o polegar, em movimentos sutis, acariciava-lhe a tez cristalina e suave como plumas de uma pomba, que, de fato, parecendo sempre envolta num halo de luz, cuja fonte ocultava a quem lhe assistia, em nada se frisava à tez de humano, mas sim, dir-se-ia, à tez de uma criatura sobrenatural. E quando finalmente se saciava, soprava-lhe nas pestanas dos olhos, sabendo o quanto causava prazer a ela ser despertada assim.

— Bom dia, meu amor!

— Bom dia — ela respondia enquanto seus braços se erguiam para formar, lá no alto da cabeça, a espécie de um arco, enquanto expelia de sua boca o sono num longo e ao mesmo tempo gracioso bocejo.

Bom dia.

Pensou no velho e imenso pinheiro prostrado ao lado da velha estrada, lá no alto da elevação do terreno. Haviam de travar entre si certa cumplicidade – sempre mais contundente e mais sólida quando o que une os entes, acima de todas as motivações ou de todos os comuns, é o sofrimento –, já que compartilhariam não apenas o volume dos anos, mas também as quantidades enormes de solidão que sempre acompanham estes anos estéreis. Pensou no porquê desse pinheiro insistir, por tantos anos, em ser aferroado pelo mesmo sol; no porquê de ele insistir em ver, todos os dias, as mesmas coisas, sem significativas mudanças em torno; pensou no porquê de sua luta mais do que secular contra o vento e contra as chuvas, que não o haviam, após tantas e incontidas investidas, derrubado de seu trono de pedras e de terra. Pensou no que se tornaria, se conseguisse se manter vivo, aquele velho e imenso pinheiro: se assentaria à beira de uma estrada, estenderia suas raízes, que, conforme o passar ininterrupto dos anos, amalgamariam-se à terra a ponto de se tornarem um só; lutaria, desconhecendo os motivos, apenas obedecendo a um instinto desarrazoado de sobrevivência, contra o mesmo sol, contra o mesmo vento e contra as mesmas chuvas; avistaria as mesmas coisas, todos os dias, sem significativas mudanças em torno, e chegaria, em algum tempo chegaria, à senectude só, tão somente acompanhado de suas lembranças monótonas.

"Se me mantivesse vivo...".

Não se manteria. Realmente, não se manteria. Pois, tinha como certo, decidira que hoje mesmo iria morrer.

"A morte... Sim. O que há de tão misterioso e de tão perturbador na morte? O quê? O quê?...".

De repente, uma sensação violenta de frio o assaltou. Só agora, tateando o próprio corpo, constatou-o encharcado de suor. Agarrou os cabelos por detrás da nuca, que também constatou molhados. Retirou a camiseta encharcada pelo suor, amassou-a como se o fizesse com uma folha de papel, arremessando-a como se fizesse lançar uma bola de basquete à cesta, num cesto com formato de cubo que estava disposto atrás da porta do quarto, dentro do qual se podia ver uma pilha de outras camisetas, provavelmente encharcadas de suor, e que ali foram lançadas em dias anteriores.

No lençol de coloração creme – o mesmo que a esposa havia comprado para a noite de núpcias havia alguns anos – manchas se dispersavam como no leito de uma estrada repleta de buracos, poças d'água, depois da chuva, acumulam-se.

"Suores. Molhado como um cachorro debaixo da chuva. Todos os dias. Todas as noites".

Suava, efetivamente, durante as noites, desde os tempos idos da infância. O pai dizia ter sofrido do mesmo mal quando jovem. "Fraqueza dos pulmões", alegava. É digno de nota que, com o casamento, vindo a noiva residir com ele sob o mesmo teto, dormindo ela ao seu lado todas as noites a partir de então, os suores passaram a diminuir com o tempo, até não mais se evidenciarem. Porém, com o desaparecimento da esposa, não apenas recomeçaram a afligi-lo, como redobraram de intensidade e frequência em relação ao período anterior do casamento, e isso tanto no clima escaldante do verão, como, o que é de causar espanto, nas madrugadas gélidas do inverno. Ela, a falecida, quando viva ainda, tivera uma opinião quanto ao caso bem diversa da exposta pelo sogro: "Nervos. É resultado da ansiedade. A ansiedade mexe com os nervos, e daí, o suor", o que parecera a ele, o marido, muito mais plausível do que a teoria apresentada pelo pai ou do que qualquer outra teoria apresentada por qualquer outra pessoa – a maioria das opiniões da mulher pareciam a ele muito acertadas em relação às apreciações de terceiros. A ansiedade nele era latente antes de conhecer aquela que viria a ser sua esposa os suores eram constantes; a ansiedade ficou controlada com a consumação do matrimônio; os suores diminuíram a ponto de cessarem de vez; a ansiedade, agora manifestada em verdadeiros ataques de pânico, ataques incontroláveis, em que não conseguia, por mais que empregasse nisso todos os esforços, não conseguia brecha para respiração, voltara a lhe afligir após o falecimento dela; os suores noturnos voltaram com a ansiedade – muito mais frequentes e intensos do que antes. Fazia todo sentido. "Ansiedade e suores... sim".

Chegavam agora lapsos dos sonhos que tivera durante a madrugada passada. Podemos classificá-los em duas espécies diferentes: um, mais ou menos indefinido, pois não se apegava às coisas reais que faziam parte da vida dele, mostrando-se sem grandes sobressaltos, e deficiente de uma trama; já o outro, em muito discordante daquele, estava ligado à realidade da sua vida, por nele aparecerem situação e pessoas conhecidas, e possuir certa trama; ao contrário da monotonia com que aquele decorreu, este se desenvolveu de maneira caótica e perturbadora.

    O primeiro daqueles sonhos consistiu na aparição de um homem jovem, muito elegante, trajado em um terno que, pela maneira excepcional que lhe caía ao corpo, fora certamente tecido sob medida. Dir-se-ia tratar-se de um típico *gentleman*. Do seu pescoço, delgado, conquanto musculoso, suspendia-se uma gravata de seda em que se estampavam, sobre o fundo negro, contornadas as bordas em grafite, dragões, dos quais as caudas contorcidas perfaziam voltas sobre os próprios corpos. Seus lábios eram finos e pálidos, que, somados à epiderme clara e muito lisa, configurava-lhe com um aspecto geral meio afeminado. Seus cabelos de tamanho médio estavam penteados para trás, podendo-se notar que haviam sido fixados por espessa quantidade de gel. Aos pés calçava um par de sapatos de couro negro muito lustroso, com salto e bico fino muito alongado, fazendo lembrar o bico de um tucano. No sonho, permanecia parado de frente ao nosso personagem, fazendo-lhe acenos com uma das mãos para que aparentemente o seguisse para algum lugar. Mesmo que o nosso personagem não fizesse menção de assentir aos apelos daquele fino jovem, mesmo assim este se mantinha calmo e, demonstrando dominar a virtude da paciência, recomeçava seus gestos vezes incontáveis. Sorria, deixando à mostra os dentes brancos como o algodão.

    Quanto ao outro sonho, muito diverso daquele, sonhara, e havia no sonho laivos presos à realidade, já que era um hábito seu, um mau hábito, confessamos!, de qual ainda não se desfizera até o presente momento dessa narrativa, que o pai ajuntara em uma pilha volumosa grandes quantidades de folhas e galhos secos que haviam caído das árvores do pátio da casa do filho, além de tufos de inço arrancados aqui e ali entre as plantações da lavoura, pondo fogo a tudo. As chamas rapidamente consumiram o que havia na pilha, para depois se espalharem pelo milharal, que ficava ali próximo. Havia, margeando este milharal, linhas dispersas de altas árvores que, por sua vez, formavam um bosque. O fogo alcançou a primeira daquelas linhas de árvores, e, gradativo, fora devorando todo o bosque e tudo o mais que encontrava pelo caminho. Ele, no sonho, despertou pelo calor insuportável que se fazia sentir no ar, que, nessa altura, como pudera ver por uma janela aberta da casa, era salpicado por uma colossal e monstruosa nesga rubra onde as chamas e a fumaça do fogo se adensavam para, muito acima, formando uma coluna, escalar as imensidões do céu noturno. Acorreu espavorido à direção onde previu ser o local de origem do incêndio; enquanto lá encontrou, paralisado ante o espetáculo, como se fosse um Nero diante da catástrofe da qual foi o causador e sobre qual se glamouriza, sentindo-lhe invadirem as excitações de um prazer sádico, o pai, que lhe dirigiu um olhar tranquilo, como se em nada percebesse o incêndio acompanhado da destruição que provocava, como se desprezasse a própria responsabilidade que adviria recair sobre ele. Pareceu-lhe, ao filho, uma espécie de sorriso delinear-se nos cantos dos lábios do pai – um sorriso de desdém, dir-se-ia; enquanto nas pupilas dos olhos se refletiam as chamas reluzentes daquele fogaréu, emprestando-lhe ao velho aspectos macabros. Dali a pouco, o filho viu-se entre pequenos baldes e bacias de plástico (não pôde saber de onde vieram tais utensílios) que os enchia de água retirada de uma fossa que se abrira no meio do milharal. Não pudera ir além desse ponto a sua memória – se é que havia algo a mais para ser recordado deste sonho.

"Ele tem o costume, é verdade".

"Nunca aconteceu nada de mais. Sorte. Outros não têm tanta assim. Sim, o Kuhn, o velho, não o novo. Queimar restos, o lixo... Quase todo o mato se foi. Tão rápido, que nunca dá tempo de se fazer nada. Queimou uma boa porção dos eucaliptos, na beirada do asfalto, e se não fosse o caminhão-tanque ali por perto... Sorte, pura sorte do velho Kuhn!...".

"Ele tem o costume".

Não bastasse o mal dos suores, para não deixarmos de mencionar o contexto inteiro em que se dá esta narrativa, sofria por vezes de uma insônia terrível. Não é certo dizer que não dormia; dormia, de fato, mas um sono de todo demorado e, na maioria das noites, interrompido – um sono de intermitências, melhor sintetizando. Batiam, às vezes, duas ou até três horas da manhã, e ele ainda não havia conseguido dormir. Ou acontecia de, quando tinha a graça de adormecer mais cedo, dentro de um horário aceitável para qualquer homem pôr-se a dormir, isto é, entre onze horas e meia-noite, era arrancado por forças sabe-se lá de que natureza do estado sereno de sono que tanto lutara para alcançar, ao que ficava, depois, quando desperto, muito tempo tentando recuperar este sono, quase sempre sem êxito. Voltava-se, na esperança de que pudessem lhe inebriar os sentidos, ao álcool e ao cigarro – e quando o sono não reaparecia, o que se tornou a maioria dos casos, amanhecia na compunção destes vícios.

Acordava – quando dormia de fato, evidentemente – cada vez mais cansado; e por isso, cada vez mais tarde.

"Sede".

Sentira a boca seca. Estendeu o braço em direção à cômoda, que ficava rente e ao lado da cabeceira da cama, à procura do copo de vidro que supôs ter deixado ali na noite passada. Este copo de vidro costumeiramente era posto sobre a capa marrom-escura de um volume muito grosso repousado sobre a cômoda; dividindo as páginas em dois blocos, como se fosse um marca-página, viam-se pelas bordas saltarem as pontas brancas de um tipo de papel semelhante à cartolina, e que se supunha, para quem o via assim, apenas em tiras, do exterior, ser um envelope. Ele agarrou o copo entre os dedos cerrados, virando-o, de supetão, entre os lábios, que não sentiram a sensação refrescante de que tanto estavam sedentos.

"Sede. Vazio".

Desenvolvera o costume, que se tornara, mais tarde, um vício, como todos os vícios são oriundos de costumes tidos por inocentes, havia mais de ano, após o jantar (se era possível falar de *jantar* sobre os lambiscos que colocava à força para dentro do estômago), de se embebedar o bastante para ter das coisas e de si mesmo uma vaga percepção, seja, de preferência, na maioria das vezes, consumindo enormes quantidades de cerveja, como destilados – dentre estes últimos, entrara um gosto recente pelo conhaque, servido, nos primeiros contatos com a bebida, quando o seu paladar ainda era desabituado demais à essência efervescente da composição, com refrigerante; mais tarde, quando perdera de todo o efeito e gosto, parecendo-lhe até demasiado adocicado, passou a bebê-lo apenas puro, servido com pedras de gelo no verão, como o era agora.

Eram nestas oportunidades que gostava de permanecer à extensa varanda situada nos fundos da casa. Gastava horas inteiras sentado a uma das cadeiras de louro, em que se podiam notar o trabalho de excelência de um marceneiro, que as moldou em contornos e curvas complexas – destes trabalhos manuais que já não se veem hoje, devido aos padrões de *design* exigidos pela indústria moderna etc.; uma relíquia que fora passando de geração em geração na parte da família paterna, desde a tataravó, que a tinha mandado produzir, até ele, no presente momento, que lhe conservava a posse. A outra cadeira, pois havia um par delas, mantinha sempre ao lado da sua, inabitada nos últimos tempos, mas que, em um passado não muito distante, era ocupada pela esposa. Dali, sobre a varanda, tinha uma vista privilegiada para o belíssimo jardim que se abria aos seus olhos. Mais ao fundo, centralizando e harmonizando os componentes deste jardim – os canteiros de flores, árvores, coqueiros, gramado, pastagens, as alamedas de cercas vivas e de ciprestes etc. –, o açude, sobre cujas águas, nas noites límpidas do verão, como em um espelho, viam-se esparramar o brilho da lua e das estrelas umedecidas pelo fluxo ondulante das ondas serenas.

Quando sentia as pernas bambas e quando os pensamentos se embaralhavam por demais para fazerem algum sentido mais lógico, ou apenas coerente entre uma dada proposição a que se seguia uma segunda, sendo isso um sinal de alerta do seu organismo para os restos de sua razão já quase de toda entorpecida, cedia então, pondo-se em pé e seguindo a caminho do quarto, não evitando trombar, na maioria das vezes, e com isso, o mais das vezes, esfolando um dedo do pé, um joelho, um cotovelo ou ainda outro membro do corpo, contra os móveis que se colocavam neste caminho até o quarto, aos quais então proferia as mais baixas injúrias que se possam imaginar (não as repetiremos aqui por uma questão de decoro, esteja justificada a omissão!), jurando-lhes vingança pela covardia de acertá-lo desprevenido e sob "o abrigo seguro dos covardes, que é a escuridão". Era capaz, em contrapartida, muito provável devido às repetições diárias que lhe deram certo automatismo, de, antes de achegar-se ao quarto e à cama, nessa travessia perigosa de todas as noites, completar o copo de vidro, seu companheiro inseparável das beberagens, preenchido até a metade com as sobras do gelo, no mesmo copo em que servia o conhaque com água que pegava à torneira da pia da cozinha, no caso – o que era muito comum – de sentir sede durante a madrugada.

Dessa feita, porém, como o dissemos, não havia.

"Devo ter bebido durante a noite. Não lembro... Por que acordamos ou achamos estar acordados no meio de um sonho, e, pela manhã, não lembramos se fizemos algo de fato ou não fizemos?... De nada".

"Pesado ontem. Exagero. Exagero? Para um homem como eu, exagero? Não há diferença, porque não há excessos e nem comedimentos nessa fase à qual um homem se entrega, como eu... Nem excesso nem comedimento... não há diferença alguma".

"Dormi com a camiseta listrada? E acordei com a regata cinza... Assim como o copo d'água. Se faz isso de uma forma inconsciente, o sonho inconsciente, mas com interferências e conexões com a realidade? Dormir com aquela, acordar... com essa. Tanto faz. Não há diferença. Nenhuma diferença para se importar".

"Ele sempre teve o costume. Não faz diferença nenhuma para nada".
"Pesado ontem".

Havia recorrido à bebida e também ao cigarro com a mesma intenção que todos os homens recorrem aos vícios de qualquer natureza, isto é, cobrir o vazio e aliviar as dores que os corroem por dentro. Mas, como ele fora descobrindo pela própria experiência, mesmo que tentasse encobrir a verdade, o que é típico de todo viciado e parece nascer-lhe com o próprio vício, os lenitivos que oferecem essas pechas são sempre momentâneos, apenas adiando os efeitos, que se tornam catastróficos então, daquele vazio e daquelas dores indevidamente tratadas, assim como e, sobre um telhado danificado pela ação dos anos se suspende uma lona na intenção de proteger o interior da casa do mau tempo; quando vêm as chuvas e as tormentas, ou a água se acumula sobre a lona, que não sustenta o peso e desaba, ou a força dos ventos a arrasta, deixando, de qualquer modo, tudo o que há na casa e os seus moradores à mercê dos perigos proporcionados pelas intempéries.

Em relação à noite passada, quando a memória fora se desembaraçando do sono, do cansaço, dos efeitos da embriaguez e dos lapsos próprios que se seguem logo ao despertar, fora remontando os eventos.

O dia 26 de dezembro, ou seja, o posterior ao Dia de Natal, era para ele especial. Era a data em que se deu o primeiro encontro com aquela que viria a ser, mais tarde, a sua esposa. Exatamente no dia anterior, 26 de dezembro, contavam-se três anos daquele primeiro encontro entre eles, que para ele, é bem verdade, parecia ter sido ontem, tantas vezes o revivera em sua memória. Eram ainda muito vívidas as lembranças acerca daquela noite, que, por motivos desconhecidos, passaram a ressaltarem-se sobre outras tantas lembranças que havia vivido com a mulher.

Sentara-se à varanda, como em todas as noites o fazia, contemplando o jardim, as águas do açude e o céu, um céu que se repetia na limpidez e no brilho edênico como naquela noite distante de três anos atrás.

Na verdade, para fazermos um adendo aqui, é bem possível que passou a ter o costume de sentar-se à varanda durante todas as noites após a noite daquele primeiro encontro que tivera com aquela que viria a ser sua esposa, já que antes disso, o que muito atesta a favor de nossa tese, poucas eram as vezes que ali se colocava a sentar-se. Ainda quando eram noivos, ou seja, antes de ela vir a residir ali, entregara-se ao hábito, apenas e grandemente reforçado a partir da vinda da esposa para a casa. Como adorava o casal ficar ali, desfrutando dos agradáveis prazeres românticos que oferecem a duas almas tomadas pela paixão o sereno da noite.

A diferença agora, é claro, era a de que não havia mais a graça de ter a companhia daquela que lhe fora motivo de tantas felicidades, da qual a ausência tentara desastrosamente suprir com as bebidas e com o fumo.

Todo ano – este atual era o segundo – que se seguira à morte dela, no dia 26 de dezembro, realizava o ritual de relembrar aquela noite do primeiro encontro. Fizera-o ontem, evidente, resgatando todos os momentos que fora capaz de alcançar a sua memória, momentos inesquecíveis para ele, momentos que lhe acompanhariam, ele sabia, até o fim. "Até o fim". Um fim, era verdade, que já se aproximava, fazendo-se sentir.

"Como ela estava linda e radiante naquela noite!"

Trajada em seu simples, porém magnífico vestido preto – pois a simplicidade lhe assentava tão nobre e tão esplêndida como o vestuário de uma verdadeira majestade –, cuja suavidade do tecido ajustava-se com perfeição ao talhe de sinuosas dobras de seu corpo esbelto e cheio. O torso pujante e as orlas dos seios maduros se desenhavam sob o pano; emprestando-lhe, como num pedestal, àquelas linhas inferiores o caráter insigne que se via ressaltar do semblante altivo de seu rosto, em qual, como se um genioso Ares houvesse furtado do trono do céu, trazendo-as clandestinamente a ele, ao marido, um homem agraciado pela maior sorte a que pôde alguém ser delegado, pequeninas estrelas, com as quais ofuscava e embebia aquele que tão inadvertidamente ousava lhe contemplar a beleza triunfante, flutuavam como verdadeiros corpos luminosos. E que pleno equilíbrio com o estado delgado e elegante do colo e da cintura, parecendo-se ao vigor e à fluidez de uma serpente, faziam as ancas e as pernas marmóreas – talhadas pelo cinzel de um artista divino –, que convocavam em seus apelos ardentes a despirem-lhe o manto, e provar assim o êxtase dos mais auspiciosos prazeres sobre a terra.[2]

Como seus lábios envernizados pelo intenso rubro idôneo à pele das cerejas revolviam-se num agito célebre e envolvente, demasiado cheios dos charmes de quando se abriam, levemente, e sopravam seus sussurros hipnóticos, manifestando uma linguagem que, se não era de homem, também não o era

---

2 *Archaïscher Torso Apollos*, de Rainer Maria Rilke (ver a tradução de Manuel Bandeira para o poema); *Spleen et Idéal, Le serpent qui danse* (XVIII), *Les Fleurs du mal*, de Charles Baudelaire.

de anjo; talvez, os apelos de uma criatura excepcional, a que convencionaram chamar de mulher, mas que sob o pálido sentido do nome escondem-se os sobrenaturais poderes com que conseguem domar as mais das sinistras feras.

Dançaram ao som de uma valsa de ritmo suave e de uma harmonia encantadora, como o eram encantadores a noite e o ambiente que os cercava. Ela pousara seus pés delicados sobre os dele, despindo-se dos saltos, que lhe atrapalhavam os movimentos exigidos pela dança, e porque não era, por mais que procurasse disfarçar, exímia na arte. Pousou-lhe o braço fino e branco sobre o ombro, permitindo-se guiar como num voo um pássaro dispara livre e solto pelas imensidões dos ares, sentindo tudo como se estivesse em um sonho, em um verdadeiro e fantástico sonho. Porém, volta e meia interrompia ela os passos, perdendo o compasso da melodia, desvencilhando-se então dos braços do par, e irrompendo num riso inocente, como o riso de uma criança vem a calhar em momentos inoportunos que exigem a seriedade e a concentração.

"Serenata para cordas de Dvorák. *Tempo di valsa*".

Antes mesmo que o movimento acabasse, ela saltou, como uma garça, leve e flexível, sobre o parapeito da varanda para o jardim, e correu, dando a entender querer ser perseguida, como em uma brincadeira infantil de pega-pega. Ele seguiu-lhe os passos, achando verdadeira comicidade naquela atitude precipitada e de todo sem sentido. Correram ao longo da beira do açude, sobre o gramado, até que ele alcançara à fugitiva, segurando-a pelos ombros e envolvendo-a entre seus braços vigorosos, como se com isso se assegurasse de que nunca haveria de perdê-la, de que nunca se separariam, acontecesse o que acontecesse. O rosto inteiro dela fora tomado de uma vermelhidão, seja pela excitação da brincadeira, seja pela falta de ar após a corrida. Havia um banco por ali, detrás de qual, cruzando-lhe na metade do assento em uma linha vertical, uma árvore. Ela sentou-se, escorando as costas no tronco da árvore, elevando os joelhos sobre o assento do banco, juntando-os como um buda a meditar. Estava muito ofegante, o que se via pelo arfar do peito. Convidou, com um olhar, sem apelar para palavra que fosse, para que ele se juntasse a ela, ao que ele atendeu, sentando-se ao seu lado.

Ficaram em silêncio por algum tempo, como se as palavras naquele momento pudessem quebrar o encanto que se formara ao redor deles como uma bolha, tornando-os invulneráveis a qualquer mal que adviesse do mundo exterior, como se mesmo já não pertencessem a este mundo, como se mesmo apenas eles, e mais ninguém além deles, vivesse ainda nesse mundo.

Dali a pouco ele notou refletidas as suas figuras na superfície das águas. Uma sensação estranha lhe assaltou, como se, contrariando a realidade, pudesse alcançá-la apenas na forma de reflexo, como se estivesse distante dela, como se estivesse condenado a nunca mais alcançá-la de verdade.

Ela o percebera distante, mergulhado em seu mundo de devaneios e miragens, como ela bem sabia que havia esse mundo dele, um mundo perigoso que ela tentava a todo custo adentrar e do qual tentava a todo custo o resgatar, trazer-lhe de volta à vida comum de todos os homens, destemida como era, nem que para isso tivesse de colocar a si própria em grandes e nebulosos perigos.

Agarrou-lhe pela mão, entrelaçando os seus dedos aos dele, e repousando-os junto ao ventre dela. Depois, abrindo-os, fez com que a mão dele pousasse sobre o coração dela, como para fazê-lo sentir as suas palpitações desenfreadas, como para lhe fazer sentir que ela estava viva, definitivamente viva, que ele a fazia se sentir ainda mais viva, e que ele também, por tudo isso, podia sentir-se vivo, mais vivo do que nunca!

E como lhe tremiam os membros; o braço e a mão que ela sustentara, parecendo atingidos por um vendaval avassalador. Tremia tanto seu corpo inteiro que se diria ser-lhe exorcizado um demônio. Contudo, em nada disso ela se assustara; pelo contrário, parecia, pela tranquilidade inalterada de seu semblante, entender com exatidão o que se passava dentro dele. Uma sensação estranha de paz e de segurança encheu o seu coração, como se ele, pela primeira vez na vida, se sentisse amado verdadeiramente. Era como se pudessem então ocupar a mesma alma, sentir as mesmas emoções e os mesmos sentimentos enquanto as dores e todos os sofrimentos por que haviam passado e haviam carregado até ali tivessem sido sanados pela aura de amor que os recobria, que recobria um ao outro e cada um a si próprio. Ela dissera a ele, olhando em seus olhos: "Se eu pudesse tirar toda essa dor que existe dentro de ti e todo esse sofrimento que existe dentro de ti, eu faria". Era como se, de alguma maneira inexplicável, uma existência inteira de tragédias fosse justificada por um momento de glória.

Ela beijou-lhe as mãos, e, depois, seus lábios, como que, num acordo silente em que falam as almas e juram, assegurando-lhe estar para sempre ali, ao seu lado.

— Me prometa, por favor, que você nunca mais irá voltar para aquele lugar... para aquele lugar de escuridão em que você esteve até hoje... Me promete?!

— Sim. Prometo.

Mas, aquilo era o passado. E o passado, por mais que se quisesse mantê-lo ou nele manter-se, estava para sempre encerrado. Perdido.

Tudo estava perdido. "Irreversível", dizia consigo mesmo, repetidas vezes. "Irreversível. Para sempre".

Havia algo dentro dele que estava quebrado para sempre; e ele sentia isso vibrar-lhe dentro, e cada vez mais forte, como centenas de punhaladas de facas dilacerando o seu coração.

"Tudo estava perdido".

Era como se a vida passasse diante dele como que refletida em um espelho, não podendo dela nada agarrar, não podendo dela nenhum aspecto agarrar. Não podia agarrar mais nada – o mínimo que fosse. "Mais nada. Tudo acabado. Tudo estava irreversivelmente acabado" para ele.

Tudo o que antes lhe surgira como planos não só realizáveis – muitos deles os tinha já por realizados, antes mesmo de pô-los em prática, tamanha confiança depositava em que viriam a se concretizar, vivendo-os por antecipação, dir-se-ia –, como muitíssimo realizáveis, agora estavam distantes de seu horizonte de perspectivas, tão distantes que pareciam, agora, planos de uma outra pessoa, de uma pessoa totalmente estranha a ele. Outrora ele alimentara o desejo das conquistas e dos regozijos que se seguem a elas, às quais conquistas convergem os desejos de todos os homens comuns: ter um bom emprego, e deste emprego obter uma renda digna, renda que pudesse lhe sustentar e sustentar sua esposa e os filhos que viriam a ter no futuro; ter uma boa casa ("nada de exageros", pensava, mas "confortável, na medida do possível" e "aconchegante o bastante" para que pudessem criar os filhos da melhor forma possível, e ele mesmo mais a esposa pudessem encontrar um refúgio para o descanso após cada dia de trabalho árduo). E naquela casa tão pretendida haveria muitos animais, "cães", principalmente, como o queria a noiva, expressando, na época do noivado, as suas visões de um lar perfeito, época em que faziam e cogitavam muitos planos, tanto em relação à organização do lar quanto acerca de questões de ordem geral da vida que teriam em comum dali a alguns meses, "se Deus quisesse!", e "Ele haveria de querer...". Haveria também estantes cheias de livros. Na verdade, construiriam uma pequena biblioteca, "assim que tivermos condições", ponderavam, e nela reuniriam "todos os livros mais fundamentais e importantes, tanto em literatura adulta, como juvenil, para as crianças, é claro; como Filosofia, Teologia, História; exatas também, na medida do possível; ensaios" e tantos outros gêneros e assuntos etc.

No tocante aos planos e às realizações individuais, ele criaria certo número reduzido de animais na propriedade, pensando mais em satisfazer o consumo da própria família – gado, porco, peixes, galinha etc. Entregaria a maior parte das terras para arrendamento, tendo todos os anos "uma renda garantida sem necessitar se preocupar e sem mover uma palha". Daria aulas durante a semana, como professor que era por formação. Com tais atividades garantir-se-ia o sustento da família. Mais tarde, quando estivessem mais ou menos estabilizados financeiramente, ele poderia se dedicar ao grande objetivo de sua vida: tornar-se um escritor. A esposa, quando ainda na posição de noiva, e mesmo antes disso, logo no princípio de quando travaram os primeiros contatos, ele nunca esquecia, perguntara-lhe – algo muito impactante para ele, pois, na época, não era do conhecimento de ninguém o fato de ele ambicionar a carreira de escritor, e muito menos o fato de ele já haver produzido certos esboços para seu primeiro livro – "quando estará pronto teu livro?". Como ele questionasse, assustado com a revelação, como era possível ela saber tanto que ele escrevia um livro como que tinha o sonho de tornar-se um homem de letras, ela respondera: "Não sei. Foi o Espírito que me tocou e me revelou isso"; ao que completara: "Você vai falar sobre Deus, guiado pela voz do Espírito, a uma multidão", como que profetizando. "Teus livros serão um meio de as pessoas ouvirem sobre Deus". Ele não entendia o significado daquilo, mas se deixava encantar pela convicção dela de que seus livros alcançariam "multidões". Certamente, ignorava o que quer que ela houvesse pretender dizer com "você vai falar sobre Deus" etc., concentrando-se na parte em que recairia o reconhecimento e a fama sobre o seu nome.

Ela, a esposa, seria uma mãe e uma dona de casa "exemplares", como gostava de enfatizar. Durante o dia auxiliaria a mãe no bazar de sua família, que ficava no centro da cidade – "será muito conveniente trabalhar lá, porque, quando os filhos vierem, sempre os terei por perto. Serão criados à minha maneira, não entregando a responsabilidade a estranhos, algo que realmente me incomodaria muito, muito mesmo... Só de pensar!...". À noite, ou quando julgasse melhor, já que seus horários seriam demasiado "flexíveis", poderia se dedicar aos afazeres do lar etc.

Mas tudo eram sombras agora. Todos aqueles sonhos e planos estavam para sempre encerrados no mundo das possibilidades extintas; possibilidades que compunham agora um imenso e lúgubre cemitério em seu coração. Ele perdera, irreversivelmente, toda e qualquer esperança, toda e qualquer esperança de que a vida pudesse ainda lhe oferecer algo que a justificasse, que justificasse continuar se segurando a ela, enquanto nela só encontrava matizes de incomensuráveis sofrimentos. Em razão disso, tudo para ele soava como um castigo. "Um verdadeiro castigo". Um castigo terrível ao qual estava condenado para sempre. "Irreversível".

Esse castigo, esse castigo se manifestava pela dor.

De fato, a dor se alastrara dentro dele, envenenando tudo o que restava de bom; envenenando, inclusive, aquelas lembranças que, dentro de certos limites, o mantiveram na existência. Porque estas lembranças, agora, quando a dor injetara fundo e por completo as suas doses de veneno, estas lembranças se voltavam contra ele, tornando-se objeto de tortura contra ele, fazendo do presente algo de todo indesejado ao qual passara a lançar as mais das injuriosas blasfêmias, ao passo que, revestindo-as de uma auréola de saudosismo mórbido, agarrara-se com unhas e dentes às coisas idas, que possuem, é certo, seu valor intocável, porque constituem parte indissociável de nós mesmos, e das quais, em contrapartida, salvamos apenas resquícios, já que todo momento é, por sua natureza, um momento passado, cumprindo o homem o triste dilema de Sísifo.

A dor se alastrara dentro dele como um peso insuportável. Ele podia pressentir que o peso esmagador daquela dor, conforme os anos passariam dali para frente, o dilaceraria. E, se atendo às quantidades de dor que já tivera, sabia não lhe ser possível suportar tamanha dor por todos os dias, o resto da vida. Ninguém poderia. "Poderia alguém suportar?". Justo aí, na falta de qualquer esperança que fosse para atenuar essa dor, justo aí residia a maior parte de seu desespero.

E o seu desespero o levava, mesmo que algo em sua alma procurasse concentrar esforços para a luz e desejasse ainda a vida, o seu desespero o levava a encontrar na morte um alívio definitivo – alívio que já não poderia encontrar em mais nada nesse mundo.

Uma luta terrível se travara dentro dele nos últimos tempos: um embate terrível entre aquele desespero, de um lado, o assediando com seus acenos insinuantes para tudo abandonar, para de tudo se desfazer, já que em nada mais havia valor, e em nada mais havia sentido; enquanto do outro, opondo-lhe resistência, colocava-se a esperança, tímida esperança, é verdade, tímida e inominável, sem apontar para o que quer que seja, nem para nada, certa força instintiva que teimava em se apegar à vida, ainda que desta vida nada pudesse esperar que a justificasse em si mesma, porém o bastante para lhe suscitar ao espírito algo de desconforto quando pensava no propósito da morte, com ela flertando.

Esta luta fora intensa, muito acirrada, no início, tanto que – não seria correto e nem justo alegar que ele não houvera lutado como pudera, empunhando todas as forças de resistência que pudera reunir em si (de fato, não fora o caso) –, de muitos modos e de muitas maneiras procurara manter-se ligado à vida e ver nela algum sentido maior que a justificasse. Seja dedicando-se ao trabalho árduo da propriedade, tanto quanto em vigílias que perduravam por madrugadas inteiras, faltando-lhe então o sono, entregando-se a muitas e variadas leituras, procurara nestas atividades não apenas ocupar-se ou passar o tempo, mas, e mais importante, convencer a si mesmo de que a vida dele tinha ainda utilidade. Porém, tudo se mostrou em vão. Havia, é certo, períodos de intermitência entre a convicção de que "sim, ainda tenho algo a fazer de útil e algo para contribuir a esse mundo", e o pessimismo que beirava os abismos do desespero de "em nada encontrar motivos e em nada ver sentido". E, entre a transição daqueles estados extremos, assaltavam-lhe os pensamentos aquelas questões que para ele seriam como fantasmas o assombrando sem descanso, sem trégua: "por que e pelo que um homem deveria viver?", e "por que um homem deveria viver quando tudo, até e principalmente, sua própria consciência apontavam para o contrário?".

"Tudo em vão. Tudo".

Por fim, ele cedera, dera-se por vencido. Cedera aos poucos, sendo afrouxadas as resistências de suas forças um pouco a cada dia, seguindo-se um dia após o outro em que estas forças continuaram se afrouxando. Derradeiro, como um golpe fatal, aquele lado escuro em que o desespero fazia seus acenos o devorara. O desespero o devorara. Ele havia perdido as batalhas de cada dia, e agora, por fim, perdia a luta.

"Tudo perdido".

"Para sempre, irrevogável".

"Pesado ontem, é verdade. Mas, não há diferença. Nenhuma... para um homem como eu".

Recolocou o copo na mesma posição da qual o retirara, isto é, sobre a capa do grosso volume. Pelo escrutínio daquele copo de vidro observou, destacado sobre o marrom escuro do plano de fundo, em letras grandes engarrafadas, impressas em dourado cintilante, disposto em duas linhas, uma sobreposta à outra, o título:

"ÍBLI AGRAD".

Olhou com desdém para aquele título, que completou mentalmente. Mas é normal surgir em nós a pergunta, por que o olhou com desdém? Além disso, deverá perguntar-se o leitor a essa altura, por qual razão, o havendo percebido ali desde o desaparecimento da esposa, por qual razão não abrira o volume, retirando de dentro aquele envelope que transbordava suas bordas ao exterior? Acreditamos que, quanto a esta última questão, esteja contida na primeira a resposta. Porém, quanto à resposta àquela primeira pergunta, teremos de necessariamente discorrer sobre alguns fatos e, a partir destes, sobre algumas considerações.

A esposa tinha o hábito – nunca, fosse lá o que houvesse se passado durante o dia, por mais tortuoso que houvesse sido esse dia e por mais estressada, cansada ou de má vontade que estivesse nesse dia – de, todas as noites antes de dormir, como também em todas as manhãs tão logo após acordar, dedicar-se à leitura daquele volume por algum tempo, tempo pelo qual tinha uma observância ritualística. Enquanto o lia – e isso, se não chegava a causar de todo irritação no marido (às vezes irritava-o, é fato!), se não o irritava, ao menos provocava-lhe certo desconforto se poderia dizer condizente ao tédio, ou, mais exato, à impaciência –, sempre o fazendo em voz alta, interrompia-se em algumas passagens, as quais julgava as mais relevantes ou reveladoras, para tecer algum comentário próprio ou alguma conclusão a que chegara seu juízo; além do mais, o que custava para ele muito esforço, devido, é claro, à sua má disposição para tal livro e para tais sessões de leitura daquela obra, interrompia-se no intuito de averiguar o que compreendera o marido (seria um meio de velar sobre a atenção dele em relação àquelas leituras?) de tal e outra tal passagem, e até mesmo para a indignação soturna dele, solicitar-lhe os pontos de vista próprios em relação ao que fora lido por ela.

O marido ouvia-a atentamente quando das interrupções, ou talvez, o que é mais provável, fingia ouvi-la atentamente, o que nos leva a um impasse de difícil solução, pois, se levarmos adiante a tese de que fazia apenas simular interesse pelas passagens lidas, cuidando nós da irreverência que tinha por tal texto (inocentando-o aqui, para não usarmos de injustiças, colocando forçosamente maus procedimentos e tendências vis aos indivíduos que, se pecam por tais outros males, não o pecam por aqueles, de uma possível falta de consideração pelas opiniões do cônjuge, às quais, pelo contrário, devotava muito respeito porque as tinha em muita conta), ainda assim era capaz de responder com muita desenvoltura quando das solicitações da esposa. Isso se dava por efeito de sua fina inteligência de um semierudito? Ou, simplesmente, como assíduo leitor que era, tendo, mesmo que ainda jovem, um cabedal invejável de conhecimentos os mais variegados e surpreendentes, tinha de antemão recursos, mesclando teorias e convicções que, à primeira vista, julgar-se-iam inconciliáveis e até contraditórias em alguns casos, para montar uma conclusão a qualquer questionamento que lhe fosse dirigido, mesmo que nessa conclusão não houvesse nada de acerto, pelo contrário, os mais proeminentes absurdos? Para sermos sinceros, e em nenhum momento pretendermos ludibriar o leitor com uma resolução falsa, apenas para saciar as exigências do nosso ego, fingindo sabermos de algo que, de fato, não o sabemos, a verdade é que não temos a devida competência para desvendar o caso, assim como acontece, o que nos conforta de nossa ignorância, em certa medida, das tantas tendências e ímpetos do homem se passarem quase sempre sem lhes conhecer as suas verdadeiras motivações.

Seja como for, a artimanha durara por algum tempo – pelo menos, nos primeiros meses de matrimônio, quando ainda se não revelaram, na maioria dos casos, envoltos ainda pela aura da paixão primaveril, os cônjuges, estado tão característico dos recém-casados, todos os defeitos e todos os disfarces de que se utilizam para encobri-los do companheiro.

Porém, com a convivência constante, diária, que oportuna então desbravar-se as minúcias, imperceptíveis para a grande maioria dos conhecidos, que só estão em nossa presença por momentos esparsos, nos quais, perfeitamente, podemos sempre vestirmo-nos de personalidades que não somos no íntimo, do caráter de nossos entes mais próximos, fora percebendo aquela artimanha do marido, assim como sobre quais táticas se apoiava esta artimanha, pois, se o seu conhecimento não era tanto o de um *scholar*, como o era o do esposo, fora moldado na própria experiência da vida, seja no contato com as diferentes situações que se apresentaram a ela nessa vida, ou no contato com as pessoas, desenvolvendo por uma necessidade urgente de autodefesa a habilidade excepcional de observar e de tirar conclusões muito acertadas sejam das situações, sejam das gentes, tendo, no último caso, a faculdade de rapidamente apreender-lhes os modos, as contradições e até, dependendo do ser analisado, os vícios. A partir desse momento, foram derribados cada um dos disfarces do marido; e, por consequência, muitos de seus defeitos, antes ocultos sob aqueles disfarces – inclusive aquele apontado anteriormente, sobre o qual fizemos destaque – se tornaram visíveis para a esposa.

Verdade é que, mesmo revelando-lhe certas dissimulações, no caso particular daquele falso interesse pelas leituras dela, por exemplo, nem por isso, no princípio e em momento posterior algum, expressara a esposa qualquer protesto de forma mais explícita. Se não fosse próprio da natureza humana atraiçoar-se pelos movimentos exteriores aquilo que se passa nos estados interiores da alma e que tanto se procura esconder dos outros, o que é típico do estado de insatisfação, e, essencialmente, da insatisfação das mulheres, jamais saberia o marido que ela, a esposa, tinha-lhe descoberto. Estes movimentos exteriores, que lhe denunciavam a insatisfação, esboçaram-se numa certa impaciência da parte dela quando ele se estendia um pouco além da conta em suas reflexões verbalizadas. Transpareceram ainda mais, a ponto de se tornarem nítidas, numa carranca que nela delineava acima das sobrancelhas a forma de "vês", cada vez mais acentuados quanto mais o sentimento de ódio que representavam se acentuava dentro dela. Teria compêndios de mágoa este ódio, já que se sentia ela ferida pelo marido desprezar-lhe algo que, para ela, era tão caro, de tanta relevância e, pior ainda, por fingir que se importava com este algo? Parece-nos que sim, sem dúvidas. Contudo, haveria naqueles trejeitos já a intenção de comunicar ao marido sua insatisfação e as suas mágoas, o que não o fazia empregando o uso de palavras, assim como (e, por favor, não ocorra ao julgo do leitor que há nessa comparação algum preconceito subentendido contra o gênero, desfazendo as damas que para nós, sendo filhos, netos, irmãos, sobrinhos, primos, amigos e maridos delas, a quem devemos, é inegável, a admissão a este mundo, e sem as quais nem estaríamos aqui narrando a presente história etc., que para nós são tão caras) uma serpente que, antes de dar o bote, sentindo-se ameaçada, faz emitir sinais de seu incômodo pelo agitar de seu guizo?

Certo é que, independentemente dos motivos e das circunstâncias em que se davam as discórdias entre o casal, o fenômeno da incompreensão entre eles, intensificando-se e se alargando aos poucos, conduziu-os a uma encruzilhada perigosa, porque, seja qual caminho decidissem tomar, pareciam todos levar a uma reconciliação impossível.

Assim como na grande maioria das relações matrimoniais, os desencontros e as rixas se dão inicialmente não em ataques explícitos, daqueles que se materializam, em casos extremos, na violência, mas num embate silencioso, que se sabe, mais cedo ou mais tarde, rebentar em furiosas tormentas, já que acumula em torno de si aqueles pequenos redemoinhos que, com o tempo, formarão uma verdadeira catástrofe, dessa mesma forma se dava com a relação deles.

Seria outro efeito da rebeldia do homem contra o Ser que lhe criara e consequência intrínseca de sua queda? Vingar-se-ia aquele Ser da rebeldia daquele primeiro homem que, inadvertidamente, prestara maior culto e mais nobres homenagens a sua mulher do que Àquele que lhe deu justamente não só esta mulher como presente, mas o próprio fôlego da existência, castigando-lhes, tanto a ele como a sua progênie, geração após geração, castigando-lhes com a maldição de se colocar sempre um abismo aparentemente intransponível entre este homem e seu cônjuge?

Difícil seria dizer. Para ele, é claro, não seria uma justificativa plausível, já que via em todas aquelas histórias fabulosas "uma superstição de gente supersticiosa"; "tolos, grandes idiotas", como os denominara tantas e tantas vezes.

O que se pode apontar com alguma certeza é que aquelas diferenças entre os sexos em uma relação estão fadadas a consumirem, quando não extirpadas já em suas raízes, todo e qualquer bom sentimento, toda e qualquer convicção que se cria ter sobre a solidez desta relação, nada restando, como é comum se ver por aí – se já não a situação da maioria dos casais em nossos dias –, senão a tortuosa preservação das aparências à qual se forçam mutuamente os cônjuges, como na arte de atuar, acreditam, tendo forçosamente de acreditar, serem os atores de uma determinada peça realmente as personagens que representam. Mas, como toda peça, seguindo a disposição de sua própria estrutura, que abarca aí, além do prólogo, dos atos e das cenas, o epílogo, nas coisas da vida que cumprem ciclos e etapas dentro destes ciclos, há sempre peças para se encerrar, havendo nelas interpretação ou não.

Referimo-nos em passagem anterior, de maneira breve e ocasional, ao caráter do conhecimento prático da esposa, quando viva – colhido e moldado pelo trabalho da experiência. De certo modo, podemos dizer que a erudição do marido calhou-lhe muitíssimo bem em lhe aperfeiçoar e aprofundar aquele conhecimento prático. Tanto por meio das leituras, pelas quais despertou um grande apreço, tornando-se, sem apelar aqui para adjetivos que não conferem de todo à natureza exata do objeto adjetivado, depois de muita dedicação e paciência, já que, era verdade, possuía, antes de travar relações com aquele que viria a ser seu marido, uma concentração limitadíssima, tendente a desviar-se diante de qualquer mínima interferência, que usava então de pretexto para abandonar o trabalho intelectual ao qual se dedicava no momento (e se não houvesse prévias matérias para livrar-se do trabalho intelectual, servindo-se de pretextos, era então que os inventava, tamanha a aversão natural de seu espírito ao espírito de meditação e de silêncio), uma proeminente leitora, devorando a partir daí Shakespeare, Camões, Dostoiévski, Tolstói, Machado, dentre muitos outros, dos quais, é exato dizer, não fazia lá grandes distinções, assim como um estômago propenso e alargado pela gula devora, sem fazer distinções entre o sabor e a qualidade, os acepipes que lhe servem; quanto, gastando noites inteiras nisso, discutindo com o marido sobre tais ou tais outras ideias que lera em tal ou outro tal livro, fora moldando-se o seu intelecto e a sua sensibilidade tanto artística como filosófica, não sendo absurdo dar-lhe crédito de uma mulher de refinada inteligência e requintado gosto.

Quanta satisfação, estando ele preso a um meio onde as pessoas em geral, se não eram de todas incultas, eram incapazes de elevar-se intelectualmente – de fato, todo aquele que ousava ver e fazer dos estudos apenas uma realização pessoal, um exercício em prol do cultivo do próprio espírito, e nisso, desconsiderando pretensões acadêmicas ou profissionais, ou seja, basicamente pretensões de vulto financeiro, passava a ser tido pelo julgo ordinário da massa como um "esquisitão", quando, de sorte controlados as papas da língua do povo sempre tão excitadas pela maledicência e pelas intrigas; porque era, na maioria dos casos, a alcunha de "louco" que lhe caía e de qual pecha seria difícil então se ver livre, tamanha rapidez de contágio ganham esses rótulos que não condizem quase nunca ao que são em verdade os indivíduos, e que acabam configurando-lhes em seres de uma terceira raça: aquela inventada pelas calúnias e pelo senso comum do povo, portanto, nem a original a que pertencem, naturalmente, nem a segunda, que corresponde a como gostariam de ser vistos –, que satisfação nas disposições dela para o cultivo do gênio! Em tempos idos, antes do aparecimento dela, convencera a si mesmo, fazendo disso uma sentença perpétua, jamais teria a felicidade de dispor da companhia de um espírito como o dele: voltado às coisas do pensamento. Contudo, contrariando a sentença, havia! E "que milagre! Que verdadeiro milagre!", vibrava, eufórico, na época em que conhecera a futura esposa.

Porém, como tudo o que se relacionava com a esposa morta e aos tempos passados, "estava tudo acabado". "Acabado para sempre".

Fizemos, deveras, um longo desvio do percurso em que pretendíamos enveredar a narração, ao que deverá nos perdoar o leitor, pois, como as torrentes impetuosas de um rio em que se juntam as chuvas em excesso, assim a nós correm o fluxo das palavras, em relação às quais, sejamos francos, possuímos recursos e habilidades limitadas para domá-las, seja por nossa inexperiência na prática de dispô-las da melhor forma, seja, o que o tempo e tanto a crítica geral como a especializada irão revelar, pelo fato, simplesmente, de nos arriscarmos em uma arte para a qual não temos o mínimo talento.

Seja como for, discorríamos nós sobre o motivo da aversão de nosso personagem àquele volume sobre a cômoda. Suspeitamos que ficara a impressão no leitor, conforme nos vem acompanhando nesses últimos parágrafos, de que aquela aversão nascera e se multiplicara com e a partir das discórdias entre marido e mulher dos quais fora pivô o livro. Porém, nos compete esclarecer que a repulsa dele para com o livro era talvez ainda não tão explícita porque não havia lhe deparado situação para demonstrá-la, assim como é cabível considerar que guardamos certos ódios para com certos indivíduos, existência de quem, por vezes, nos era a nós mesmos desconhecida, que vêm a expor-se quando estes indivíduos nos deixam brechas para que apliquemos então os aguilhões daqueles ódios, tendo razão ou não para tal, era já anterior ao tempo do matrimônio – anterior mesmo ao aparecimento da futura esposa na vida dele. Não poderemos precisar em qual período e em quais circunstâncias da existência dele se originou aquela aversão, como é sempre difícil ou quase impossível precisar períodos e circunstâncias em que determinados sentimentos e estados de espírito se originam em um homem. O que podemos dizer é que, assim como os ratos se apegam aos sítios imundos, evitando os sítios asseados, ou, utilizando-se de uma analogia mais conforme ao que queremos fazer transmitir, assim como os morcegos fogem com imenso pavor da luz do dia, a alma que em si conserva trevas escapa a todo o custo de qualquer reduto onde se possa haver laivos da verdade e da justeza, encerrando-se nos velos da falsidade e da mentira de que se veste e se reveste.

Não seria o nosso herói o protótipo do ceticismo generalizado em nosso tempo? Indo além: haveria de supor-se no homem moderno uma pré-disposição natural para o ceticismo, como, ao contrário, no espírito dos povos antigos vigorava-lhes a transcendentalidade ao supremo e ao divino? Mas não é o homem de hoje pertencente à mesma raça que o homem pretérito, interpondo-se entre eles, é verdade, percepções e condutas muito diversas sob as quais vivem e produzem, o que, por sua vez, porém, não determina diferenças entre o que é essência do *ser* homem e que é, indubitavelmente, imutável?

Deixamos estas questões ao julgo do nosso leitor, e prosseguimos narrando os fatos do último dia da vida de um homem.

Havíamos o abandonado, ao que nos consta, no momento que olhava com desdém, pelo escrutínio do copo de vidro, àquele título.

Ainda sentado sobre a cama e entregue aos seus pensamentos – na grande maioria, como se sabe, funestos –, decidiu-se por fumar.

Outrora, quando se iniciou no vício do cigarro, havia estipulado para si mesmo, numa resolução firme, irrevogável, de que jamais fumaria no recinto interno da casa, tanto por enxergar no ato um certo desrespeito para com a memória da finada esposa, que não só detestava o cheiro da fumaça expelida pela queima do tabaco, como muito se orgulhava de manter a casa sempre tão limpa, sempre tão arejada, sempre tão organizada, como, e, nos parece, o fator mais importante, para que o cheiro do fumo não se impregnasse nas coisas e nos próprios recintos da casa, vindo a perceberem as visitas – os familiares e os poucos amigos que ainda recebia.

Mas, já agora e nos últimos meses, isso se tornara para ele irrelevante, porque a opinião que pudessem ter dele e de seus novos hábitos tornou-se de todo irrelevante. Passou a fumar onde e quando lhe apetecesse, sem que nenhum escrúpulo lhe fizesse sentir peso algum na consciência.

Vasculhou entre o lençol e a coberta revirados pela carteira de cigarros e pelo isqueiro, que tinha, tanto um como o outro, sempre por perto, mesmo quando se colocava para dormir. Achou-os por debaixo do travesseiro em que havia repousado sua cabeça durante o sono, depois de alguma dificuldade nas buscas. Abriu a tampa da carteira, sacando do maço um dos cigarros, que levou à boca. Fez acender a chama do isqueiro, que queimou rapidamente a ponta do cigarro, e do qual correntes de fumaça passaram a escapar.

Sugou e soprou uma, duas e ainda três vezes, até que na extremidade do cigarro acumularam-se restos de cinzas. Procurou pelo pirex de servir sobremesa, pertencente a um jogo de louças que havia ganhado de presente da avó materna, no tempo em que viera estabelecer-se na nova propriedade, deixando a casa dos pais, dentro do qual depositava as cinzas, o qual, como de costume, repousava sobre a cômoda, ao lado do grosso volume de capa marrom-escura e do copo de vidro com água. Não o encontrando, inclinou-se na direção do assoalho, em cada uma das laterais da cama, pensando talvez havê-lo colocado no chão ou ter ele caído de sobre a cômoda. Sem sucesso. Reergueu-se quando o viu sobre a mesa de estudos, a cerca de dois metros da cama.

Viu-se obrigado a abandonar o leito, o que não fez se não com grande esforço para vencer o desânimo que lhe afundava ao lençol como um lastro. Pegou o pirex, depositando dentro as cinzas da ponta do cigarro; afastou a cadeira giratória, que estava encostada à mesa, e nela se sentou. Girou sobre suas rodinhas à direita, depois à esquerda; depois, fazendo-as deslizar pelo assoalho, lançou-se para frente e para trás, como se estivesse a manobrar um carro, porém, tudo sem pretensão. Após cansar-se da brincadeira e sentir os princípios da tontura, travou na cadeira cravando os pés no assoalho. Estacionou o seu veículo, sem se dar conta disso, em frente da grande e antiga estante de livros, que ocupava uma parede inteira do quarto, fora a fora, como de cima a baixo. Estava, o que sempre causava impressão naqueles que a viam pela primeira vez, abarrotada de volumes.

"Para que tanto livro?", lembrou que a mãe sempre lhe questionava, advertindo-o de que ficaria "louco". Mais tarde, ouviria algo nesse sentido da parte da esposa, porém com intuitos diversos, é claro, da crítica da mãe, já que aquela, a esposa, quando fazia tal questionamento não era para lhe contestar o gosto pelos livros, mas sim para lhe questionar sobre o próprio caráter e sobre algumas atitudes que ela cria erradas da parte dele. "Do que adianta ter todos esses livros se não consegue pôr em prática nada do que aprende neles?!". E era tão somente em discussões que extrapolavam os limites normais de uma discussão saudável que ela empregava tais palavras, quais tinham para ele efeito tão duro, por vezes, devastador, como haviam, é claro, certas palavras que, ditas por ele nesses momentos de cólera em que se perde a noção do quanto podemos machucar – e se podemos machucar tanto alguém assim é por não esperarem de nós, aqueles que mais amam e depositam por isso maiores quantidades de confiança, estas baixas agressões – os entes a que mais nos afeiçoamos, em relação aos quais, em um estado normal, desinibido da raiva, juraríamos nunca fazer mal algum, tinham efeito tão duro, por vezes, devastador na esposa. E quanto se torna uma verdadeira carnificina quando os amantes se empunham um contra o outro, como parece próprio ser do coração ferido ferir o que lhe causa o ferimento, estas armas letais, que são as palavras salpicadas de justeza que não queremos ouvir, porque respingam, ainda que não inteiramente – por vezes aumentando os defeitos alheios ou lhes imputando de forma mais ou menos injusta –, nuances de verdade na tela banal de nosso orgulho.

Fora lendo os títulos, enquanto tentava lembrar-se da ideia geral contida em cada um deles, assim como recordar do período e das situações particulares em que os lera a cada um. E, em cada um deles, era o que sentia na maior parte do tempo como leitor, encontrara certo lenitivo às condolências da vida. Numa espécie de transmigração milagrosa pelo conduto das palavras, quantas vezes não passara ele a viver as próprias histórias que lia, a travar amizades com as personagens que viviam então com ele, como ele então passara a viver com elas, nelas e elas nele. Achara sempre incrível a possibilidade de os mortos virem a ser nossos melhores fautores, de nós, os vivos!, aos quais passávamos a recorrer quando das durezas e dos desafios que nos lançavam a existência. Estes mortos reviviam, como que ressuscitavam em nós, em nós, os vivos, que os mantínhamos na vida mesmo quando nos fosse obrigado, pelas contingências desse mundo de cá, o mundo palpável de todos os dias, a fechar-lhes outra vez nos limites de uma capa, depositando-os de volta à fileira da estante na qual conquistaram um lugar cativo; tornavam-se partes integrantes de nós, porquanto suas páginas já estavam impressas em nosso espírito.

"Shakespeare. Tolstói. Talvez sejam inúteis, mesmo. Talvez".

"Declínio e queda... Declínio... e. Dostoié... Talvez. Os demônios. Crime e. Inúteis. Dante. Talvez. Inú... A comédia: tem razão. É comédia o que não chega a ser tragédia na vida de um homem, e vice-versa. Grande homem, esse. Comédia. Talvez. Ilíada. Grande Homero. Quem irá ler tudo isso no futuro? Com essas gerações...? Talvez. Um pai, O pai, Homero. Crime. Castigo. Uma teia psicológica. Complexo. O que pensariam eles de homens como nós? Iriam rir. Rir? Talvez. Talvez, por algum tempo. Porque o riso serve para encobrir a verdade insuportável do trágico enquanto o riso se sustenta... Mas nunca chega a se sustentar uma vida inteira; quando muito, apenas uma pequena parcela dessa vida. Depois, então, não serve. Nada serve. Nada serve e nada se sustenta, nada permanece num mundo esfacelado, num mundo em que tudo é frivolidade, num mundo em que a frivolidade é motivo de lisonja, num mundo onde a lisonja é tudo, num mundo onde a ignorância impera. Ririam? Sim, ririam; mas pensariam o mesmo, obrigados a fazer o mesmo, portanto. A corda. Inútil. Grandes homens. Fariam o mesmo..."

"Talvez, inútil. Tudo perdido. Nada. Grandes. Achávamos nós melhores do que eles por causa desse amontoado de parafernálias com que enchemos o vazio de nossas vidas? Existências vazias, vidas vazias, o vazio... recobrindo tudo. Talvez. Inútil. Vazio. Tudo. Tudo acabado. Propósitos? Acabado".

Estacou, dedicando ao título de um dos volumes atenção especial, como se nele houvesse algo especial que vinha a calhar-lhe com perfeição naquele momento.

"Heródoto, História. Mitos e lendas e fábulas. Algo, misturado entre fantasia e o fantástico, algo de realidade histórica. Um caráter mais autêntico, é inegável. Se não se sabe algo, por que passar pela vergonha de confessar a ignorância deste algo enquanto se pode sempre inventar algo com que se recubra esse algo que ignoramos? Não é preciso conferir como as coisas se dão de fato na realidade das coisas. Não. Só é preciso não se contradizer, ou, ao menos, fazer com que não percebam nunca nossas contradições".

"Os gêmeos. Eram gêmeos? Os irmãos. E a morte como benefício, não como castigo. A morte como dádiva, não como penitência. A morte".

Colocou-se em pé, retirando o volume da estante. Folhou-o à procura da passagem que tentara relembrar sem muita precisão, e que vinha ao encontro das ideias que tinha ele naquele momento e, afinal, nos últimos tempos.

"O Rei pergunta a Sólon sobre 'quem consideras o homem mais venturoso nesse mundo?'. 'Cleóbis e Bíton', responde Sólon. Conduzem o carro em que vai a mãe, como bois na canga a arar o solo. Festa de louvor à Deusa. A mãe pede à Deusa que dê a eles, como retribuição, dê a eles o maior benefício que poderia receber um mortal... Morrem enquanto dormiam. Serenos. Louvados. Louvores. Estátuas. A morte. O benefício".

"Sim, tem toda razão. O maior... o maior e... o maior e o mais desejado dos benefícios, a maior das dádivas. Louvores. Sim! A maior! Sim, a maior. A morte!"

Prosseguiu por alguns parágrafos, apenas passando os olhos sobre as palavras, ao que se deparou com dois pequenos trechos destacados em amarelo, ambos à mesma página e ao mesmo parágrafo. No primeiro, lia-se: "É preciso convir que o homem é senão vicissitudes". No segundo, as seguintes palavras: "Nada mais comum do que a desgraça na opulência e a ventura na obscuridade".

Havia destacado os trechos quando lera o volume de forma integral, tendo eles chamado-lhe, por alguma razão, a atenção. Tentou recordar o contexto em que fizera tais marcações, sendo-lhe impossível, porém, recobrá-lo. Nem mesmo recordava – o que o motivou a abrir o volume naquela passagem – o contexto em que se dava a anedota sobre os irmãos Cleóbis e Bíton.

"Um fim honroso; uma morte breve... Mais nada. Dádiva".

"Os gregos, eles sabiam o trágico da existência, e nunca tentaram esconder ou fugir dessa condição miserável comum aos homens de todos os tempos. Não mesmo. Nunca. Aceitaram a existência como ela se mostra, sem apelar para subterfúgios: cruel, trágica. Cruel e trágica. Sim. Nunca. E procuraram na morte o sentido. E encontraram na morte o sentido. De tudo, é claro. De tudo. DE TU-DO!"

Pensou em prosseguir na leitura, mas a sede reivindicava seus direitos.

Ergueu-se da cadeira, nela havia se sentado para melhor ler aquela passagem que lhe interessava no volume, recolocando-o ao mesmo lugar de onde o havia retirado da estante. Fazendo o contorno pela frente da cama, alcançou a cômoda, de sobre a qual pegou o copo de vidro. Escancarou a porta e deixou o quarto.

Achegou-se, arrastando os pés como um pato, passando pelo corredor que dava acesso aos cômodos da casa, à pia da cozinha; abriu a torneira, enchendo o copo d'água, que bebeu de um só gole. Voltou a enchê-lo, bebendo de novo, dessa vez de forma mais lenta e gradual. Depois, depositou o copo dentro da pia, e fez o caminho inverso, procurando alcançar o banheiro.

Normalmente, é verdade, fugia às abluções básicas e obrigatórias para toda pessoa que preserva o mínimo de decência. Começou com tal relaxamento da própria higiene não tanto por preguiça ou má disposição, ainda que contribuíssem cada uma com sua quantia para isso; mas sim, tão grande era a sua antipatia pela raça humana, a partir da ideia de que "ninguém vai se aproximar com esse cheiro e com essa tampa". "Apenas os cães", pensara na época, "enquanto puderem aguentar a fragrância e enquanto não sentirem medo", achando até graça na própria irreverência.

Contudo, hoje, hoje seria para ele um dia "excepcional", pois, "se era verdade que nascemos apenas uma única vez, tão certo também era o fato de que morreríamos uma única vez". Permitir-se-ia esse "luxo", hoje, sendo um dia "excepcional" como o era.

Adentrou o estreito corredor, ao final do qual se encontrava o banheiro. Na metade do percurso, mais ou menos, como que ornando a sensaboria das paredes vazias, um espelho de forma retangular se pregava à parede. Considerando a altura média de uma pessoa adulta, a imagem refletida daquele que se colocasse de frente ao espelho era cortada no nível dos joelhos.

Passando com distração diante daquele espelho, percebera como que o movimento de um vulto lhe seguindo ao lado direito. Voltou um passo atrás, ficando então cara a cara com a figura sinistra de um velho. De imediato, procurou desviar o olhar, que recaiu sobre o assoalho. Era-lhe penoso por demais encarar aquela figura medonha, em cuja face – chupada de tão magra, estiolada pela queimadura do sol e coberta de furúnculos nas bochechas; as sobrancelhas grossas, quase unidas na linha superior ao nariz, acentuavam-se aquilo que se poderia tomar como a mais lamentável das expressões de desconsolo, acima de quais sobrancelhas, por sua vez, delineavam-se as fendas de rugas que emprestavam à testa e à fisionomia inteira um ar de sofrimento e de dores contínuas; e os olhos, ainda que de uma tonalidade verde forte belíssima, como que mortos, como se os seus verdadeiros tivessem sido lhe arrancados e no lugar deles se colocado os olhos de um peixe – ornava uma juba extensa, caindo do alto da cabeça até abaixo dos ombros, juntando-se em torno das orelhas com a barba de fios densos, negros como o brio da noite, onde, aqui e ali, tufos se enrolavam, muito provável que pela sujeira, enquanto, estendendo-se sob o queixo por mais de dois palmos, e espalhando-se pelo pescoço, onde reveste a laringe a epiderme, emendava-se com os pelos que subiam do peito, dando-lhe um aspecto não de um homem, mas de um urso.

Após relutar muito em seu íntimo, soergueu o olhar em direção ao espelho e, por algum tempo, sem desviá-lo dessa vez, sustentou-o.

Reparou – o velho estava apenas vestido com a roupa de baixo – como as linhas das costelas se ressaltavam sob a pele, parecendo, de tão afinadas, como espetos em que se põe a carne para assar às brasas do fogo, iriam perfurar aquela pele, colocando-se à mostra. Perpassou os dedos sobre a superfície do espelho, tateando aquela magreza. Notou também os braços pendidos um de cada lado do corpo que se assemelhavam a duas varas – havia vestígios ainda dos músculos vigorosos de outros tempos.

Pensou que deveria o velho fazer aquela barba e aparar aquele cabelo de um selvagem. Mas, logo desistira da ideia, imaginando que o achariam "louco, completamente louco", pois "quem, em sã consciência, se assearia assim para a própria morte?". "Não". Desistiu em definitivo da ideia de aconselhar o velho quanto àquilo de assear-se.

Era-lhe penoso por demais encarar aquela figura medonha, como se nela pressentisse descobrir algo horrível, algo de que tentara escapar a vida inteira.

Quão horrível era a tarefa de encarar-se a si mesmo baseado na honestidade.[3] Quão insuportável descobrir uma vida toda gasta em arremedos; descobrir, a certa altura dessa existência, quando todos os disfarces e todos os ludíbrios que velavam sobre a pretensa imagem que criamos de nós mesmos e vendemos aos outros, ao preço de nossa própria alma, desmoronam em face da verdade inadiável, descobrir o ser degradante que se é, que sempre se foi; descobrir-se morto, que sempre se estivera morto, perambulando entre os vivos como um

---

3 *O erro de Narciso*, Louis Lavelle.

fantasma. Nunca se fora nada, nada tendo, nada fazendo; não tendo nem ao menos o mínimo recorte justo para de si mesmo ter um parecer minimamente justo. Perdido entre os destroços de um personagem feito para si. Tentando encobrir a sua miséria com todos os passageiros artifícios com os quais se enganam os homens. E a vida fluía, escorrendo pelas suas mãos enquanto dela nada se tinha, nunca se teria nada. "Nada. NADA!... Migalhas, apenas tristes migalhas". A culpa e o arrependimento, por fim, restando acima de tudo como um apanágio maldito. "TUDO!"

"Por que e pelo que um homem deveria viver?". "Por que um homem deveria viver quando tudo, até e principalmente, sua própria consciência apontavam para o contrário?", ressurgiam aquelas questões que se tornavam um mote tortuoso em sua mente.

"Por quê?", perguntou a si mesmo, numa voz interior.

— Por quê? — refez a pergunta, dessa vez verbalmente, entre os desvelos de uma voz meio sussurrada.

Olhou para o velho e repetiu a pergunta, no mesmo tom sussurrante:
— Por quê?
Como o velho não emitiu resposta alguma, insistiu, entonando a voz:
— Por quê?
Outra vez, não teve resposta.

Impacientou-se, aflorou um ódio em seu coração. Levantou deveras a voz, gritando ante a face do velho:
— POR QUÊ?

Em seguida, retomou com os sussurros, como para se redimir com o velho pela grosseria de ter com ele gritado sem motivos:
— Por... por... quê? — quase inaudível.
Mas, mesmo assim, não ouviu nenhuma resposta.

Sentiu então lhe redobrar a repulsa pela figura horrenda daquele velho ali plantado diante dele, dentro da casa dele, no corredor de sua casa, invadindo a sua privacidade. "Que descarado!", invadindo sua privacidade sem ser convidado. "Que desgraçado, desgraçado!". Fez sinal com a mão, assim como se enxotam os cães dos lugares que não queremos que fiquem, para que o velho sumisse dali. Porém ele ficou estático, não demonstrando nenhuma perturbação em sua fisionomia, como se não fizesse caso algum da ameaça de despejo.

Para o agrave da situação, pôs-se a imitar o velho o gesto lançado a ele, o que, definitivamente, fora a gota d'água para o proprietário da casa.

— Desgraçado! — proferiu ao velho enquanto cerrava o punho e os dedos da mão direita. Os dentes rangeram na boca, de onde se emitiu um som semelhante ao rosnado de um cão quando invadem seu espaço ou ameaçam retirar-lhe o osso que rói.

Levantou a mão direita no nível em que se encontrava o rosto do velho, reteve-o em sua mira e, quando no alvo, atingiu-lhe em cheio com um direto.

O vidro estirou-se pelo chão em inúmeros fragmentos, que se espalharam por quase todo o corredor.

Na moldura do espelho, quando o olhou novamente, conservara-se intacto, sobre o qual escorria um fio de sangue, um pedaço de vidro recortado numa espécie de triângulo invertido, em qual superfície se refletiam ainda parte do nariz e os olhos do velho. Cerrou novamente o punho e os dedos, levantando-os na intenção de nocautear o velho com um novo golpe, quando a dor o compungiu, impedindo-lhe a investidura.

Da mão respingavam as gotas do sangue que manchavam agora o assoalho. Examinou o corte, percebendo que o vidro penetrara fundo onde o metacarpo encontra as falanges. Relembrou que no balcão do banheiro havia ataduras, esparadrapos e mais outros utensílios de primeiros socorros. Dirigiu-se para lá, apressadamente, sem se policiar dos cacos de vidro espalhados pelo chão. Cravou os pés em alguns deles, gemendo então de dor. O ódio se intensificou ainda mais – se era possível tal coisa. Verificou se havia cortes nas solas dos pés, dobrando-os para cima. Não havia, exceto por pequenos furinhos em que se deviam ter entrado na pele de maneira superficial alguns grãos de vidro.

Alcançou o banheiro, abriu as portinhas do balcão, catando entre panos e utensílios de limpeza uma pequena caixa de isopor em que eram guardados os esparadrapos e as ataduras. Quando a achou, abriu-lhe a tampa, retirando de dentro o que necessitava. Enfaixou a mão em que o corte se abrira com uma das ataduras. Ia dando-lhe um nó ao redor do pulso quando a percebeu ensopada pelo sangue. Desenrolou-a, atirando-a a um canto do banheiro. Pegou uma atadura limpa, enfaixando outra vez a mão. Agora o sangue fora estancado. Passou o esparadrapo sobre a atadura, finalizando o curativo improvisado.

Saiu do banheiro, rumando outra vez pelo corredor. Ao longo do assoalho, um trilho de sangue se havia delineado. Maldisse a própria estupidez pelo ato injustificado, parecia-lhe agora, arrefecida a cólera, enquanto contemplava o resultado de sua ação. Deixou tudo como estava.

Ultrapassou a moldura onde até há pouco se encontrava o espelho sem lhe dirigir o olhar. Dobrou à direita, entrando na cozinha à qual a sala de jantar se anexava, formando ambas um só e extenso compartimento.

II.
O ditador

Êxodo 20:3-5

Por detrás da mesa de jantar, fixados na grande parede que separava o quarto da cozinha, os quadros de fotografias dos familiares se espalhavam. Sentiu o peso de um olhar inquisidor sobre ele. Sabia que se ousasse dirigir-lhe os olhos de volta, encontraria o semblante estupefato da esposa diante da atitude dele. "Daquela atitude de agora? É certo. Mas muito mais, mais, muito mais, claro, em relação ÀQUELA atitude, àquele ato criminoso" ao qual seus pensamentos e a sua vontade estavam rendidos. "Criminoso... que crime? Que crime se cometeria ali? Crime é atentar contra outros. Não atento contra ninguém, a não ser contra mim mesmo. Que culpa pode ter um homem nisso? Crime? Nenhum crime. Não se perde nada, porque não se faz nada a não ser contra si mesmo".

Um sentimento de vergonha o assaltou por dentro, apesar de toda a argumentação que expunha ante a própria consciência. Baixou ainda mais a cabeça, como faria uma criança ao receber uma censura de um adulto por causa de uma arte que cometera.

Lembrando-se da mulher, agora morta, veio-lhe à mente o conselho que ela sempre lhe dava quando ele estava em casa sozinho – antes e após virem a casar-se –, o de ligar a televisão no intuito de não sentir o peso de toda aquela solidão típica das moradas agrestes.

Pegou o controle que estava em cima da mesa de jantar, ligando a tevê.
Recupera sua pele enquanto você dorme. Voltamos com...

Largou o controle sobre a mesa. Aproximou-se do fogão, de onde sacou uma chaleira, que encheu de água na torneira da pia. Acendeu uma das chamas do fogão, colocando a chaleira cheia d'água sobre.

Sim, um dia realmente com muito calor e previsões de...

Abriu a porta da geladeira. Embaixo, numa bacia, alguns tomates e batatas murchos. Nas prateleiras superiores, tão somente litros com água gelada, um pequeno pote com mel e outro muito grande com melado. Nada disso lhe apeteceu o apetite. Sentiu o estômago queimando, o que se tornara mais frequente nos últimos meses. Como dissemos anteriormente ser do viciado eximir os efeitos do próprio vício com todo e qualquer gênero de justificativa, por mais absurdas que se mostrem, jamais assumiria ele a ardência no estômago, a magreza e a fraqueza do corpo serem, obviamente, resultados do excesso de álcool, do tabaco e da cafeína, aliados à péssima alimentação.

Ao longo do interior da porta da geladeira, em tablados de plástico suspensos, havia algumas caixas de ovos e um pedaço grande de queijo artesanal. Retirou o queijo da geladeira e o pôs sobre a mesa.

Procurou por uma faca na gaveta do balcão, não encontrando uma que fosse. "Todas sujas". Olhou para a pia entulhada de louças que deviam perfazer uma semana que estavam ali; dentre pratos e panelas com restos de comida e gordura, encontrou a faca desejada. Pegou-a e, estando ela suja, como todas as demais louças, passou em um pano – endurecido pela sujeira acumulada – que estava sobre o mármore do balcão.

Cortou o queijo em pequenos cubos que fora espetando, um de cada vez, na ponta da faca, a qual deixava suspensa sobre uma das chamas do fogão até que o queijo estivesse derretido, assim como se colocam a assar *marshmallows* sobre as brasas. Tirou do forno, ainda, um naco de pão enrijecido, que fez acompanhar o queijo.

Com certeza, chega a dar medo...

Dali a pouco a chaleira chiou. Desligou a chama. Pegou a chaleira, fazendo-a virar sobre uma caneca de porcelana, que também, assim como a faca, retirou junto à pilha de louças sujas dentro da pia. Encheu a caneca de água quente, ao que acrescentou três colherinhas (não precisamos repetir de onde veio mais essa outra louça) de café e mais outras tantas de açúcar.

Sentou-se a uma cadeira, junto à mesa de jantar, de modo que ficasse de frente para a tela da televisão situada no outro lado da sala anexa à cozinha.

Pôs-se a beber.

— ... quando estamos à procura de um abrigo. Mas na rua é difícil quando a ventania chega de repente. Temos que achar, às pressas...

Enquanto mastigava os cubinhos de queijo e o pão enrijecido, bebendo goles do café para melhor ingerir os alimentos, lembrou-se, em outros tempos, de como a mulher preparava o desjejum todas as manhãs, e de como aplicava enorme dedicação e carinho em uma tarefa aparentemente tão simples, tão insignificante. Fazia então as suas tapiocas com ovo, deliciosas, recheando-as com queijo e mel. Servia o prato do marido, que esperava ansioso à mesa. Sorria-lhe enquanto flexionava levemente os joelhos, dando a entender que esperava em retribuição ao preparo do desjejum o beijo que ele depositava sem falta em sua testa. Ele então se punha a devorar as tapiocas, não apenas pelo gosto adocicado e leve do mel, tão bem harmonizado com o sabor acre do queijo que se derretia em sua boca, mas, em maior razão pelo regalo mágico e indescritível que acrescentava a elas a ternura investida no fazê-las a mulher, transformando-as num verdadeiro manjar diante do qual até mesmo os deuses se renderiam.

"Sem açúcar. Nunca bebia o café com açúcar. Não bastava: ficava vistoriando quantas colherinhas eu iria pôr no meu; e, se chegava à quarta, fazia aquela cara de descontentamento que só ela tinha: o beiço num bico, as sobrancelhas cerradas... como só ela fazia. 'Nada de excesso', exclamava. A mesma coisa com o azeite: 'Nada de excesso'. Nada de excesso. 'Tá louco?!'. Excesso...".

Acabou rindo ao recordar aquelas implicâncias da esposa, refletindo sobre a natureza dos detalhes que nos passam quase sempre despercebidos quando os vivemos, mas que então, posteriormente, já distanciados deles pelo percurso do tempo, nossa memória e nosso coração, já que vibram neste pelo toque das lembranças, cordas que há muito não eram tocadas, ressuscitam não apenas porque já não os temos como alcançar na realidade presente, repetindo-os, mas porque também, ganhando assim um valor inestimável antes não tido e que, talvez, nunca teriam, mas porque também envolvem os entes queridos de quem fomos forçados pelos caprichos do destino contingente a nos despedir, restando assim estes detalhes ligados a eles como meios sagrados de lhes preservar a entidade e a presença entre nós, que ainda vivemos.

Rajadas, muitas rajadas atingiram...

Comeu apenas um e outro cubinho de queijo derretido e mordiscou apenas um ou outro pedaço do pão, cuja sobra deixou sobre a mesa.

"Pouca fome. Quase nenhuma. É o calor; pouca fome. O que poderia ter a ver o cigarro? Bebida...?... O calor, pronto!"

— ... alerta para essas regiões do mapa...

Um estalo seguido de um "toc-toc" surdo abaixo do assoalho da casa se fez ouvir. "Sebastian".

"Sim, é mais fresco para ele ali debaixo. Dorme por vezes. Principalmente nas noites de temporal. Tem que se rastejar para sair de manhã. Milagre não ter se enroscado lá debaixo e ter ficado preso lá. Milagre."

"Agora ele fica plantado ali na janela, esperando por alguma sobra. Esperto, garoto esperto".

Levantou da cadeira, pegando a sobra do pão de sobre a mesa. Abriu as folhas da veneziana que ficava acima do fogão. Uma intensa claridade invadiu o cômodo, podendo-se sentir o calor do sol. "Já deve ter passado das dez", pensou. De fato, embaixo da janela, plantado como um guarda, abanando o cotoco do seu rabinho, cortado logo quando de seu nascimento, um grande *rottweiler* o encarava com seus olhos vermelhos e sua imensa língua suspensa para fora da boca, dentro da qual se viam, brancos como o leite, os dentes e as presas afiadíssimas capazes de intimidar a qualquer um que apenas as olhasse de longe.

— Sebastian! Hei, Sebastian! — chamou a atenção do cão. — Senta. Senta! — ao que o animal obedeceu, sentando-se sobre as patas traseiras. Arremessou-lhe o naco de pão, que caiu no gramado, diante de Sebastian. O cão o cheirou e depois, segurando o pedaço com o auxílio de uma das grandes patas dianteiras, dilacerou-o com os dentes.

— Bom garoto! — exclamou o dono.

Sebastian o fez relembrar de seu outro cãozinho, Knaks, um machinho *shih-tzu* falecido há poucos meses devido à sua idade já bem avançada. Era o animal de estimação da finada esposa já antes do matrimônio, e, a partir disso, pode-se imaginar o apego que tinha ela ao cãozinho. Este apego se comunicou ao marido já nos primeiros meses em que Knaks viera residir com a dona no novo lar, multiplicando-se ainda mais quando ela partiu, devido ao afeto natural que temos às coisas que nos ligam aos entes perdidos. Knaks aparecia em várias fotografias ao longo da extensa parede detrás da mesa de jantar, tanto fazendo companhia à dona como ao casal. Havia uma dentre tantas fotografias por qual ele tinha apreço em particular, e que consistia em Knaks estar dormindo em seu colo, estando ele, o dono, sentado em uma cadeira de balanço na área frontal do chalé. Ao fundo, viam-se as folhas caídas das árvores, além de um céu caliginoso, elementos que apontavam para uma época de inverno, certificada pelas roupas grossas e fechadas que o homem usava.

Lembrou-se do olhar tristonho e pedinte do cãozinho a lhe mirar por debaixo da mesa de jantar, sempre, quando das refeições, posto ali na expectativa de, apiedando-se os donos, compartilhassem com ele o que comiam. Lembrou-se de como adorava ter o longo e liso pelo acariciado, chegando a virar-se com a barriguinha para cima como para demonstrar o quanto isso o deixava contente. "Meu amigo, meu amiguinho...". Lembrou-se de como, se retardavam-se a levantarem-se da cama, pela manhã, Knaks fazia as vezes de um despertador inoportuno, pulando sobre o casal, e indo os lamber aos dois no rosto, depois de haver molhado a sua barba no pote d'água que se deixava para ele beber no chão da cozinha. De fato, então, fazia uma bagunça imensa, sujando o lençol, os travesseiros e a coberta – o que era motivo de riso para o casal, tamanha era a inocência e a fofice com que Knaks fazia aquele tipo de arte. "Meu pequeno amigo", pensou, recordando Knaks e os momentos felizes que proporcionara a ele e à esposa morta, pensou em como nos apegamos a certos objetos que fazem parte de momentos da nossa história, e em especial, de momentos ligados aos nossos amores, como se aqueles objetos então se tornassem para nós extensões destes que passam a representar, fazendo mesmo que voltem à vida. Se, por qualquer eventualidade, os chegamos a perder a posse – não sentindo, é claro, pelo desfalque material, mas sim a perda inestimável do valor espiritual que carregavam neles –, então é como se tivéssemos de nos despedir outra vez, como uma segunda morte, não menos dolorida do que a primeira, daqueles que amamos.

Subiram-lhe aos olhos lágrimas e, efetivamente, teve vontade de chorar. "Que saudade imensa", formulou-se esse pensamento em sua mente. Mas assim que percebeu a melancolia o invadir, atentou-se à televisão.

— ... vem chovendo muito pela região, desde o sábado. Ao menos cinco pessoas acabaram morrendo, há vários desaparecidos, segundo as autoridades. As buscas estão sendo feitas durante todo o dia, apenas sendo suspensas durante a noite, por questões de segurança.

"A vida do homem é um desastre. Toda a História é marcada por desastres, e isso é a história geral que se pode contar do homem no mundo. Desastre, desastres".

— ... quantos carros você vê aí que ficaram ilhados?... Vários pontos de alagamento, vários pontos afetados. Mas, mudando de assunto... Um dos nossos repórteres foi conferir nas ruas com qual personagem da novela... está realmente dando o que falar, né, gente?!... dando o que falar... com qual personagem o pessoal está se identificando mais. Vamos conferir!

"Vamos conferir..."
— Estamos aqui...
"Sim, um homem vai da maior tragédia ao ápice da alegria em um instante. Como eles conseguem... como conseguem vestir essas máscaras que mudam sem escrúpulo algum? Como?"
— Seu nome?
— Maria de Fátima.
— Dona Maria, está se identificando com quem da novela?
— Ah, com certeza com Ana Beatriz. Bonitona ela, hein?!, e chiquérrima. Nossa! Olha aqui, tenho até a bolsa que ela usa... Comprei na semana passada. É um arraso!
(risos) — Muito bem, muito bem... "Um arraso!"
Pegou o controle remoto que havia deixado sobre a mesa de jantar, mudando de canal.
"Chiquérrimo".
— ... O crime organizado matar pessoas importantes, por exemplo, do próprio judiciário, e isso sem consequências! Um caos completo que se instaura... — apertou outra vez o botão, mudando de canal.
"Caos completo que se instaura...".
— ... tentamos lembrar, na semana passada, a ação da Ministra que determinou a anulação do concurso. Não estamos aqui para entrar no mérito de tal ação etc., até porque estava amparada na Constituição, no Artigo...
Mudou de novo.
"Amparada na Constituição".
— ... beba com moderação. — Mudou de novo.
"Beba, mas com moderação".
— ... que é um risco para a democracia num todo, se nos basearmos em tudo o que foi dito durante a campanha...
"Risco à democracia".
— Mas é bom esclarecer para o pessoal de casa, de que isso já vinha acontecendo desde os tempos antigos do can...
"Eles esclarecem, deixando tudo muito, muito claro. Claríssimo".
De novo.
— ... terminada a agenda internacional... — De novo.
— ... a transação do jogador por cerca de 150 milhões de euros e um contrato de cinco anos...

"150 milhões. Jogador."

— É, sim, são valores astronômicos. Mas é o valor de mercado. Para se ter os melhores é preciso investir sem...

"Sim: valor de mercado. Justo". De novo.

(um ritmo alucinante)... sei que você... (♪) "Em plena manhã?"

— ... como vou te... (♪) "Não há mais disfarce?"

Essa vontade... (♪)

"Não há? Há, há disfarces, usando essa batida... ninguém vai se atentar para as sutilezas... a mensagem... Soa, soa bem. Se repetir uma dúzia de vezes, entra e fica na cabeça. Na maioria das cabeças: em todas as cabeças".

— ... quero te d... (♪)

"Começam com sutilezas, que crescem... crescem, conforme vamos nos permitindo afrouxar nossa indignação".

Mudou de novo, dessa vez, indignado.

— Uma guerra nesse contexto não só afetaria o mercado europeu, como o mercado internacional inteiro...

"Sim, eles elegem governos e governantes que irão derrubar quando conveniente para eles. Quem irá dizer o contrário? Acessam nossas casas e nossas mentes, nos deixam de joelhos, pior do que escravos, desapropriados de nossas próprias vontades. Eis que se autodenominam ditadores. O ditador".

— Já se fala, por causa da posição firme das grandes potências ocidentais, de um conflito nuclear...

"Quem fala?"

Trrrim-trrrim-trrrim... — gemeu o celular.

"Onde? Não tinha desligado?"

Seguiu o barulho do toque, encontrando o aparelho sobre a mesa de estudos do quarto. Maldisse a si mesmo por não o haver desligado já na noite anterior, propósito que havia estabelecido e ao qual faltara talvez pela embriaguez, talvez porque o sono o surpreendesse ou por simples esquecimento.

"Pai", leu na tela do celular. Cogitou, por alguns segundos, não atender, mas pensou que poderiam, tanto o pai como a mãe, ficando preocupados com o seu "sumiço", entrar em contato com os vizinhos. Não queria esse inconveniente, era óbvio, "não hoje, justamente hoje, o dia da... ES-SE DI-A tão excepcional! Não hoje".

Atendeu.

— Alô, bom dia! — cumprimentou o pai ao filho.

— Opa, bom dia — cumprimentou o filho ao pai.
— Tudo certo por aí? Muito calor, né?! — o pai comentou.
— Sim, muito quente. É mesmo. Tudo, e por aí? — o filho disse.
— Tudo, graças a Deus — respondeu o pai. "Graças a Deus. Que tem ele?"
— Bom — o filho falou.
— Escuta: vem quando pra cidade? — perguntou o pai.
— Olha... não sei... provável que só no fim de semana só, eu acho — respondeu o filho.
— Sim, entendi.
Seguiu-se um prolongado silêncio.
— Precisa de alguma coisa? — perguntou o pai.
— Não... não. De nada — respondeu o filho de imediato, praticamente antes que o pai formulasse toda a pergunta.
— Tá bem.
Seguiu-se um novo prolongado silêncio, que o pai tentou romper.
— E essa guerra aí... — falou o pai.
"Já começaram a guerra então?...".
— ... se estourar, vai ser uma confusão, né?! O fim, é o fim!, hein?!... — continuou o pai.
— Sim, estava passando aqui na tevê também... — o filho comentou.
— Não vai ter pra ninguém. Até nós aqui, a gente vai sentir as coisas de lá, entende? A coisa vai ficar feia... Estão falando até de bomba atô...
Cortando o pai:
— Sim. Mas então está bem... — tentando o filho dar um fim à conversa.
— Mas o que tu achou da venda: 150 milhões... é dinheiro, né?! 150 MILHÕES!... — tentou manter a atenção do filho com um novo assunto.
— Muito, de fato. Eu preciso desligar... há... vou lidar por aqui — o filho disse.
— Claro, tá bom. Também vou fazer algumas coisas no centro. Fica com Deus.
— Até mais! — despediu-se o pai do filho.
— Igualmente — despediu-se o filho do pai.
"'Graças a Deus', 'fica com Deus', que coisa é essa que deu nele? Ficou louco? Só pode que ficou..."
"Guerra. Bomba. Guerra. Começam guerras e terminam guerras. Lançam entre nós um sentimento de pânico contínuo, como se sempre tivéssemos

de estar alertas. Estamos sempre com a atenção absorta às coisas que nunca chegam, e ao que chega realmente não fizemos caso algum. Vendem às nossas almas aquilo a que elas anseiam, e nada além disso".

Desligou o aparelho e o guardou dentro da gaveta da cômoda, ao lado da cabeceira da cama. Voltou para a sala anexa à cozinha. Pegou o controle remoto que havia deixado sobre o sofá, mudando de canal.

Suspeitos de executarem um adolescente na praia... — mudou de novo.

— ... de uma renúncia fiscal de 6,4 bilhões, só nesse... — de novo.

— ... o Carnaval daqui a dois meses. Mas, os preparativos estão a mil, e a folia já começa a...

De novo.

— Resistente à água. Câmera angular de 50 MP. Bateria o dia inteiro. — De novo.

— Você é a mulher mais desejada atualmente (risadas). Não... sem modéstia, não seja modesta! (risadas) Não.

— Mas sabe... Acho que temos o direito de nos dar essa liberdade, sabe?! Não impor limites. Experimentamos o que se tem vontade de experimentar... e... O resto, sabe...

— Nossa! (risadas seguidas de outras risadas).

— ... É que... mas é verdade! (mais risadas). Eu, por exemplo, eu comecei minha vida íntima muito cedo... muito cedo comecei a experimentar e tal... e o que é que tem?! (muitas risadas)... O que tem? Não há problema de falar disso abertamente, né gente? Por favor... (risadas seguidas de risinhos)... e... ex-... perimentar, sabe... certas COI-IIII- SAS que vêm na cabeça e tal... Enfim, ser livre, sabe...

— Você é por isso e por tantas outras coisas um grande exemplo de vida para nós, para todas as mulheres. Você representa todas nós!

(Aplausos)

— Poxa! Obrigada, muito obrigada (muitos aplausos agora, seguidos de outros tantos aplausos incessantes).

— É que... sabe... (seguem os aplausos; ao que ela espera se apaziguarem para continuar falando)... sabe, eu não gostaria de... não é só a questão do corpo ou da imagem, sabe?! É bem mais do que isso que tento transmitir.

— Não é só isso, não mesmo!

— Então... É muito mais do que isso: é uma questão de representatividade. (Muitos aplausos. Aplausos redobrados aqui).

— Sabe: cada mulher é única!

"Sim. Eles fazem você se sentir única. Fazem. Apenas, porém, uma outra peça da engrenagem. Um padrão por si só é um padrão. Mas a busca incessante pela desconstrução de padrões não é já um padrão também?"

(A plateia vibra e aplaude, enlouquecida). Mudou de canal outra vez.

— ... mas Deus tem um propósito para cada um de nós se nos basearmos na trajetória de cada um dos homens e das mulheres que Ele chamou e que...

Mudou de novo.

— ... contra o envelhecimento precoce, osteoporose e desgastes físicos. Peça já o seu discando o número...

"Criamos todas essas parafernálias na fútil tentativa de diminuir as distâncias entre os homens, tendo o efeito contrário: alargamos as distâncias que procurávamos diminuir, sendo que nunca, nunca antes, nunca!, nunca estivemos tão distantes uns dos outros como agora. A quem enganamos? A quem queremos enganar com tudo isso, com todos esses artifícios? A nós mesmos? A nós mesmos contamos mentiras todos os dias, mentiras que nós mesmos iremos acreditar todos os dias? Seríamos tão tolos e seríamos tão cínicos a ponto disso? Tentamos, com tudo isso que nos cerca e que agora nos sufoca, enquanto ainda sustentamos em nossos rostos, como tolos ou como loucos, olhares de admiração por um brilho momentâneo, que nem chega a firmar-se diante dos nossos olhos e diante de nossas almas e já parte, dando lugar a outro que dará lugar a outro, e tudo isso sem cessar, tentamos cobrir o abismo que existe entre nós e os outros, tentamos preencher as lacunas de um vazio imenso que nos mata por dentro, pois estamos e somos sedentos por algo, por algo que já não sabemos mais achar, por algo pelo que já não sabemos mais implorar, por algo que não sabemos mais dizer, nem mesmo apontar, algo sobre o qual, no fim, em algum dia, nem saberemos mais que não sabemos..."

"Saberiam quem eram depois de uma vida inteira hipnotizados por estes arremedos? Saberiam? Saberiam dizer se eles mesmos eram de fato apenas um amálgama dos ídolos e das idolatrias que criaram e cultivaram para si e em si? Saberiam? Poderiam regressar à vida, deixar a ilusão, encarar a vida com todas as suas nuances, com todos os seus desafios, a vida de todos os dias? Poderiam? Saberiam ainda dizer o que era um homem de verdade, com sentimentos de verdade, com verdadeiras emoções e com vontades próprias? Saberiam? Saberiam os homens ainda o que era uma mulher de verdade, uma mulher de carne e osso e defeitos e virtudes, uma mulher com quem dormissem e acordassem todos os dias, e que ainda assim mantivessem por ela um sentimento genuíno de apreço e de carinho, tivessem para com ela a mesma e constante cumplicidade... se sentissem felizes, felizes e saciados... Saberiam? Uma mulher, e não imagens... Uma mulher! Algo que nos faça sentirmos nós que somos homens ainda, e não animais, nem máquinas... que somos homens ainda..."

"Chegará o dia em que não saberemos mais diferenciar o real do fictício".

Desligou a televisão, deixando o controle sobre a mesa. Bebeu ainda um e outro gole do café; em seguida, quando saciado, colocou as louças que usara no desjejum sobre a pilha das outras louças sujas dentro da pia.

Foi à porta da frente, girou a chave, abrindo-a. Saiu para a área frontal do chalé. No canto, rente ao piso, um baú de madeira arredondado, revestido por um tecido grosso em que estampas floreadas podiam ser vistas, pairava. Abriu-lhe, sacando de dentro as roupas de trabalho. Escolheu dentre elas uma calça jeans surrada, uma camiseta preta de mangas curtas e um par de meias. Vestiu-se.

Ao pé da churrasqueira, sobre uma folha de jornal, achou dois pares de bota de borracha, um com canos curtos e o outro com os canos longos. Escolheu o par de canos curtos, pois pensou, "não chamaria tanto a atenção" dos que cruzassem com ele no percurso da estrada.

Ia calçando um dos pés quando notou haver esquecido no quarto a carteira de cigarros e o isqueiro. Retirou um dos pés da bota que havia calçado, entrando outra vez na casa. Pegou a carteira de cigarros e o isqueiro de cima da cama, guardando-os no bolso da calça, na parte da frente. Retirou a chave, recolocando-a, dessa vez, no lado externo da porta, a qual voltou a abrir, saindo outra vez para a área. Calçou o par de botas; destravou a tramela do portão que cercava todo o perímetro da área, colocando-se no pátio. Sentiu um forte calor sobre os membros, como a lhe abrasar a pele. "Que calor infernal! Hoje vai ser daqueles dias... Mais outro!" Mas, como consolo, pensou, era "só mais esse dia. Depois... bem, depois... mais nada". Sebastian veio ao seu encontro, desejando-lhe um "bom-dia!", como se podia traduzir do rebitar do seu rabinho podado. Não era um bom dia para ele, como logo percebeu o cão pela falta dos afagos com que o dono normalmente correspondia ao cumprimento.

Acendeu um cigarro.

Deixou a extensão do pátio frontal da casa, e, contornando-a pela parte de trás, onde se iniciava um pequeno matagal, onde se podiam ver uma casinha pintada de azul-celeste que servia como depósito de ferramentas e um quiosque próprio para festividades, desembocou no pátio dos fundos do chalé, de onde se avistavam a varanda, o açude, as pequenas instalações dos animais e, bem mais adiante, as pastagens e as plantações da soja. Passou por um dos lados da varanda, visando alcançar a taipa inferior do açude, que servia de passagem para se chegar ao local onde o gado repousava durante a noite.

Cruzou a taipa, aproximando-se das instalações dos animais.

III.
O rebanho

Êxodo 14:11-12

Helena o olhava com seus olhos enormes, olhos que aparentavam sempre tristeza. "Fome", pensou, vendo-a. "Fome, sua tristeza, a única tristeza e o único pesar de sua vida: fome".

Estendeu a mão em direção a ela, passando-a entre os intervalos do cercado que rodeava o estábulo, alisando o pelo macio do animal. A vaquinha jérsei recebeu o carinho, baixando levemente a grande cabeça, como numa reverência ao dono, e pôs-se a retribuir o gesto de ternura, lambendo-lhe as pontas dos dedos.

Mais ao fundo, separado deste estábulo, um galpão, fechado de cima a baixo por tábuas de eucalipto, o avizinhava. De dentro eclodiu um coro desritmado de mugidos. "Fome".

Ele descerrou a porta e deparou-se, dentro, com uma meia dúzia de outros olhares tristes a encarar-lhe. "Fome".

Pipoca, a gorda novilha *hereford*, veio ao seu encontro. Baixou a cabeça diante do dono, cutucando-lhe de leve as pernas. "Quer dizer que gosta de mim ou apenas que quer comer?". Levantou a cabeça, olhou para o dono outra vez e, como se lhe quisesse comunicar algo, soltou um grave mugido. "Só a comida, claro".

Pipoca assumira a posição de líder do grupo, e, por isso, era sempre, todas as manhãs, quem puxava a fila rumo aos piquetes da pastagem. Como já soubessem de cor o procedimento correto, os demais bois perfilaram-se por trás da novilha, que esperava apenas um sinal do dono para colocar o rebanho em movimento.

No piso onde se espalhavam, à noite, para dormir, uma camada densa de esterco se acumulara. No ar sentia-se o cheiro ácido da ureia emitida pelas fezes e pela urina dos animais. Deveria o esterco ser retirado dali todos os dias e colocado entre as carreiras do elefante, servindo como adubo. Porém, há muito tempo, como em relação a praticamente todas as tarefas da propriedade, ele deixara de fazê-lo.

Com isso, até meia altura das patas e na barriga do gado se viam crostas de esterco endurecido, além das inúmeras saliências espalhadas pelo dorso, provocadas pelo ataque dos bernes.

Ele escorou a porta rente ao cercado do estábulo, prendendo-a por uma cordinha de fibra para que o vento ou a gravidade não a fechasse. Ligou o aparelho de choque dos piquetes pendurado em uma das paredes internas do galpão. Deu o sinal verde para Pipoca. De imediato, a novilha se pôs em movimento, com seus passos pesados e lerdos, fazendo com que o rebanho atrás dela também se movesse. No fundo do galpão apenas a silhueta de um bezerrinho ficou inerte, preso por uma corda atada ao pescoço junto a um esteio que sustentava a parede. Ultrapassaram a soleira da porta, dobraram à direita, passando por um corredor estreito logo acima da vertente do açude e do reservatório de água em que bebiam os animais nas horas quentes do dia. Ingás e alguns cedros se desenvolveram ali, onde, justamente pela sombra, o gado se abrigava do sol quando este se tornava insuportável. Passando pelo corredor, saíram do lado superior do açude, onde os piquetes da pastagem se posicionavam. Pipoca parou diante do fio de choque que os impedia a entrada, ansiosa, certamente, o que demonstrava por seus pulinhos e por sua língua, que de maneira alguma parava dentro da boca, com a qual esfregava os próprios beiços. O dono desimpediu a passagem, segurando o fio pela capa de proteção, permitindo que o rebanho entrasse no piquete reservado para aquele dia. Quando o último deles ultrapassou a barreira, ele voltou a estender o fio, fechando o piquete.

Helena deu início a sua sessão de lamúrias, já que, ao que parecia, o fazendo toda vez que o rebanho partia rumo às pastagens, queria seguir os amigos naquela jornada. Mas à vaquinha era dada a função de limpar as beiradas da estrada onde o capim crescia com rapidez – sem falar que tinha a tarefa especial de dar a mamar a sua cria nascida há pouco mais de um mês.

Ele conduziu o pequeno bezerro, entre saltos e arrancos, pela corda, para dentro do estábulo. A mãe o cheirou com seu focinho úmido e, depois de reconhecê-lo, o cumprimentou lambendo o pelo da criaturinha. O bezerro se posicionou por debaixo das patas da mãe, meteu a sua boca no úbere da vaca, puxando em solavancos os mamilos, pondo-se a mamar. Isso durou não mais do que dez minutos, quando o dono retirou a cria da presença da mãe, o amarrando de volta ao mesmo esteio da parede, dentro do galpão.

Helena, no estábulo, redobrou os seus mugidos: antes motivados pela fome e agora pela fome acrescida da ausência do filhinho.

Ele começou a desatar o laço na ponta da corda que prendia a vaquinha a uma das ripas do cercado para que a pudesse conduzir ao pasto.

"Ulisses. Ulisses arrastou Heitor, depois de tê-lo matado na frente dos conterrâneos, diante das próprias muralhas de Troia. Arrastou-o amarrado na biga. Uma desonra, é certo. Por quê? Apenas movido por um sentimento de vingança? Talvez...".

"Mas se..."

Pensou em desprender o nó daquela ponta da corda que prendia o animal ao cercado e amarrá-la ao próprio pescoço, perfazendo ao redor dele uma volta e cerrando-o com um laço firme para que não soltasse.

"Ela vai puxar lá do outro lado, tentando sair como uma louca para fora... Então... então eu vou de encontro ao cercado, ficarei preso... uma grande pressão... o ar impedido... e em poucos segundos, poucos segundos... ainda que forem minutos... não, serão apenas alguns segundos, tamanha a força e pressão que ela vai fazer do outro lado... talvez decepe... Se não, no mínimo, quebrado, e daí nenhuma dor. Muito breve. Apenas segundos e então... então tudo estará terminado de uma vez... para sempre".

Reteve a ideia na cabeça. Pensou e repensou ainda por um longo tempo, quando enfim desapegou-se dela.

"Não. O corpo de Heitor já foi desrespeitado o suficiente. Basta. Basta deflorar a imagem e o corpo de um só herói, basta. Do outro jeito, mais simples, menos dolorido, menos artificioso. Menos. Mais simples, mais convencional".

Tirou Helena do estábulo, e, no momento em que a conduzia para a estrada de acesso à propriedade, onde a colocaria limpar o capim e as ervas que pelas beiradas e no meio dela se espraiavam, passando pela lateral do piquete em que pastava o gado, veio-lhe à mente, vendo o olhar ansioso da vaquinha para os amigos, apiedando-se dela, a ideia de juntar a vaca ao restante do rebanho. Desatou o nó que prendia a ponta da corda ao pescoço grosso e forte de Helena, suspendendo-a sobre o ombro. Abriu a chancela do choque, fazendo passar o animal para dentro. Fechou-a novamente. Ficou espreitando a movimentação e o comportamento dos animais, algo que costuma fazer muito. "Nada de novo, sempre o mesmo. Nunca se cansam? Nunca, parece que nunca. Só servem para isso... para mais nada".

"Mas sempre presos... sempre. E se tivessem a possibilidade de... de saírem, irem para onde bem entendessem? Ah, sim: quando o Pintado fugia, e volta-e-meia ele escapava, ficava em algum canto, ou ia ao mandiocal, ou na plantação ali adiante, mas não chegava a ir para a estrada, nem longe... Se dão liberdade para eles, eles ficam no mesmo lugar. Não sabem e não podem escolher por conta própria. Todos os dias em todas as manhãs e em todas as tardinhas eles esperam alguém vir conduzi-los para cá e para lá. É a natureza deles. Mas, se...".

Resolveu desligar o aparelho do choque para ver se iriam, de fato, permanecer dentro dos limites da propriedade ou se iriam se aventurar por rumos mais distantes. Entrou no galpão, aproximou-se do aparelho do choque, desligando-o. Quando saiu, ficou ainda um bom tempo os assistindo na expetativa do que pudesse acontecer. Como o gado permanecesse dentro dos limites do piquete, sem que mesmo se aproximasse dos fios, desistiu de lhes acompanhar as possíveis reações. Deu aos porcos a ração de milho misturada com trigo moído e água. Foi ao galinheiro conferir se as galinhas haviam *ponhado*. Retirou de lá quatro ou cinco ovos. Abriu-os a casca, depositando-os dentro de uma grande tigela de metal, que deixava sempre sobre o telhadinho de zinco do galinheiro. Chamou por Sebastian, que veio correndo em direção ao dono. Colocou a tigela à frente do cão, que enfiou a robusta cabeça dentro dela, lambuzando-se todo ao comer os ovos crus.

Tomou o caminho de volta para o chalé, atravessando a taipa e costeando o matagal. Sacou, estendido no varal, dentro da área, trepando nas ripas do cercado de madeira para alcançá-lo, um boné de cor preta. Enfiou-o na cabeça. Retirou a corda de sobre o ombro, deu-lhe várias voltas ao redor do punho da mão esquerda, de uma maneira que formasse um pequeno rolinho. Prendeu o rolinho da corda junto ao cós da calça, na parte das suas costas, cobrindo-o com o pano da camiseta. Verificou pelo reflexo do retrovisor do carro estacionado na garagem se o volume poderia ser facilmente notado ou não por alguém que cruzasse com ele ao longo do percurso. Não poderia, ao menos não tão facilmente; no mais, tomaria a precaução de não dar as costas a quem encontrasse, "se encontrasse alguém!", ponderou. Tomou o rumo da estrada de acesso à propriedade, nas laterais da qual se perfilavam jovens plátanos sob os quais as hortênsias ostentavam a urdidura de seus buquês que se espalhavam em nuances rosa, azul e branco.

IV.
O homem e a terra[4]

Eclesiastes 1:3
João 1:16

A Enio e Isonia

Estava seguindo pela estrada de acesso à propriedade quando sentiu algo lhe roçar as pernas logo abaixo dos joelhos.

Deu um pequeno sobressalto, estacou e virou-se. "Sebastian". O grande cão havia o seguido.

— Não — advertiu-lhe o dono. — Não. Para casa. Você vai ficar em casa!

O cão baixou as orelhas e o olhar, demonstrando sua decepção por não poder acompanhar o dono seja lá para onde quer que ele fosse. — Não!

Sentou-se diante do homem, estendendo-lhe a pata direita da frente. Um sentimento de pena aflorou no coração do dono, que segurou a pata do cão por alguns segundos. Depois, devolvendo-a ao chão, abaixou-se, ficando na posição de cócoras, e, como para retribuir a fidelidade e o amor do amigo, envolveu-lhe entre seus braços. Sentiu o calor do corpo do animal, e, depois que o soltou, também o calor do hálito que afluía de sua grande bocarra. Sebastian lambeu o rosto e as mãos do dono, como se pudesse adivinhar ser aquele um

---

[4] Imensurável gratidão ao professor Carlos R. Kunde pelos esforços na tradução das passagens em alemão.

momento de despedida. O homem se colocou em pé. Os olhos do cão se encheram de uma melancolia profunda, o que se transmitiu ao dono. Resmungou alguns chiados incompreensíveis em sua língua incompreensível de cão, como se tentasse, adivinhando-lhe as intenções, com todas as artimanhas que tinha à disposição, fazer com que o dono desistisse de sua resolução diabólica.

— Adeus! Adeus, amigo!

Sebastian ainda fez um movimento como a se precipitar em direção ao dono, que logo o reteve: — Não, você fica. Senta! — e o cão sentou-se. "Ninguém pode me acompanhar para onde vou". Não suportou mais o olhar desconcertante do animal, dando-lhe as costas e seguindo pela estradinha. Sabia que, se acabasse se virando, e com apenas uma palavra, o amigo viria correndo ao seu encontro, estender-lhe-ia as patas, pularia em seu peito, lambendo-lhe o rosto, executando todas as suas graças habituais para demonstrar todo o seu carinho e afeto pelo dono. "Não, ninguém pode me seguir".

Lutou para não mais lembrar-se do amigo que deixara para trás, seguindo seu rumo.

Ao final da estradinha que dava acesso à propriedade, uma encruzilhada se desdobrava em quatro braços: aquele por onde se chegava à propriedade de nosso personagem, adentrando o perímetro de suas terras e chegando próximo ao chalé; o da esquerda levava a um pequeno rancho, propriedade de um jovem casal citadino que ia para ali apenas nos fins de semana e, durante a semana, apenas antes do escurecer, na intenção de tratar alguns poucos animais que criavam; seguindo-se em linha reta, alcançava-se a propriedade da família Rech, os vizinhos mais próximos e mais íntimos de nosso personagem; o da direita, vencendo um aclive considerável, desembocava, lá no alto, na velha estrada de chão, a principal de toda aquela banda, já que levava a todas as moradias e propriedades e se conectava à autoestrada a menos de meio quilômetro logo à frente.

Ele dobrou à direita. Forçou as pernas para vencer a elevação do aclive, tropeçando e deslizando aqui e ali em algumas pedras que haviam se soltado devido à passagem de veículos. "Nunca vão arrumar essa porcaria aqui?! Imprestáveis! Só quando precisam...". Quando alcançou o ponto onde o relevo se aplainava novamente, vencendo o cerro, virou-se para trás. Ali, do alto, tinha-se um panorama completo de toda a propriedade e das lavouras em geral, aparecendo tudo acentuado em tonalidades esverdeadas, ressaltadas ainda mais pelo brilho incandescente do sol de verão. Pensou, por um momento, com quem ficaria tudo aquilo; se alguém tomaria conta da propriedade e se alguém viria a residir ali depois que ele se fosse. "O pai e a mãe, provavelmente. Depois, quando não estiverem mais aí, com os sobrinhos... fica com eles. Não resta mais ninguém". Ao fundo, à esquerda, a cerca de um quilômetro de distância, em uma pequena extensão de terra onde, percebendo-se a tonalidade amarelo-pastel estendida sobre a sua superfície, o milho havia sido recentemente colhido, um rabo-de-bogio amarelo enorme imperava sobre todo o espaço. O homem o olhou com demorada atenção. "Lá está. Ninguém pode me seguir. Esta é uma trilha por onde um homem envereda sozinho. Ninguém!"

Tirou-lhe das conjunturas o ruído de ferro sendo arrastado entre as pedras. Ergueu de imediato a cabeça para ver de onde e qual a origem deste ruído, apalpando nas costas a corda que se avolumava para certificar-se de que não a houvera perdido pelo caminho, enquanto se livrava do cigarro o atirando na sarjeta.

Não houvera perdido a corda. "O cigarro... Ele viu? Se viu, em todo caso, vai fingir que não viu. É certo, é certo".

Um homem alto e muito magro conduzia uma junta de grandes e robustos bois mestiços pelo arado, logo adiante dele, à esquerda da estrada, numa eira de terra que não devia somar mais de ¼ de hectare. Viam-se no solo compridas vergas recentemente abertas, pelo que se podia constatar da terra revolvida em montículos, os quais se estendiam e se alongavam entre os intervalos de uma verga para outra. O homem, que beirava os seus quarenta anos, apesar da fisionomia envelhecida de seu rosto aparentar muito mais idade, quando percebeu a presença de alguém na estrada, largou o arado ao chão, fazendo com que os animais parassem o trabalho, gritando-lhes qualquer coisa de ininteligível. Tirou o boné que levava à cabeça meio de lado, agitando-o com uma das mãos bem ao alto – maneira habitual com que costumava cumprimentar os conhecidos.

Saltando entre os montículos de terra, desenvolto como uma lebre, foi se aproximando do vizinho, porque logo reconheceu como o seu vizinho aquele que vinha subindo pela estradinha, sustentando sempre no rosto um sorriso de índole inocente.

Um sentimento de profundo desagrado lhe tomou pelo fato de não desejar encontrar alma viva que fosse nesse dia, justo "NESSE dia", tanto mais e pior se tratando de um conhecido seu que não poderia de modo algum evitar. "Lá vem ele. Agora não dá mais para escapar. Manter a normalidade, dentro do possível... não causar desconfianças..." Quando estava já muito perto, o homem do arado o cumprimentou outra vez tirando o boné da cabeça, ao que acrescentou a saudação gestual:

— Professor, *Guten Morgen! Alles gut?*[5] — perguntou o homem do arado, incitando a conversa para um alemão arrastado e truncado, típico do falado naquela região em que era prevalecente a etnia e a descendência germânicas. O vizinho sentia-se sempre desconfortável ao se ver obrigado a dialogar naquele dialeto, já que não o aprendera além do básico e do mais do necessário.

— *Alles. Und dir?*[6]
— *Ja, alles. Aber wie heiß es ist, meine Güte!*[7]
— *Wirklich sehr heiß*[8].
— *Schauen Sie sich Sojabohnen an?*[9] — perguntou-lhe o homem do arado, apontando com os olhos as lavouras de soja que se estendiam por todos os lados.

Uma raiva agitou-se-lhe dentro por causa da inconveniente curiosidade do homem por aquilo que fazia ou deixava de fazer. "O que tem ele a ver com o que eu faço ou com o que não faço? Sempre de olho essa gente, sempre de olho! Querem cuidar da minha vida, dizer como eu devo fazer isso e fazer aquilo? Sempre!". Redobrou de intensidade aquela raiva quando o homem do arado perguntou-lhe sobre o curativo da mão, no qual reparava agora:

— *Was hat Ihnen an die hand getun?*[10]

Rangeu os dentes dentro da boca, e estava pronto a lhe desferir um xingamento em resposta, quando cortou-lhe a fala o farfalhar em meio do canavial que se estendia em uma barreira extensa costeando a estrada principal, lá adiante, ao fundo da eira que o homem arava com os bois. Ouviu-se uma voz rouca, meio apagada, mas ao mesmo tempo carregada de um vivo entusiasmo vindo de entre as canas com mais de dois metros de altura:

— *Guten Morgen!*

---

5 Do alemão: *Bom dia! Tudo bem?*
6 *Tudo bem. E contigo?*
7 *Sim, tudo bem. Que calor está fazendo hoje, minha nossa!*
8 *Realmente.*
9 *O senhor está olhando as lavouras de soja?*
10 *O que o senhor fez na mão?*

Dali a pouco descerrou-se uma brecha entre o canavial, como se uma cortina se abrisse, saltando para fora uma figura minúscula. Aproximou-se dos outros dois homens, parados à beira da estradinha, em passos velozes como os de uma lebre, emitindo de todo seu corpo uma desenvoltura surpreendente para a idade já avançada que demonstrava ter. Na cabeça, pelas mechas que saltavam pelas bordas do pano do boné via-se a coroa grisalha que lhe emprestava certo ar de dignidade. O aspecto do rosto sofrido e encarquilhado contrastava, assim como o do homem mais jovem, com a alegria que sustinha ele no rosto quase que todo o tempo. Nos olhos de pupilas glaucas se percebia vicejar um permanente fulgor, como se no interior de sua alma uma chama nunca se extinguisse. Em todos os aspectos, exceto o da altura, assemelhavam-se enormemente um ao outro aqueles homens separados pela idade mais de trinta anos, sendo logo perceptível, até mesmo para quem os visse pela primeira vez na vida, tratarem-se de pai e filho. Trazia na mão uma pequena foice, que reluzia ao reflexo do sol. Por debaixo das unhas dos dedos da mão, marcados por cicatrizes de cortes antigos e recentes, notavam-se linhas grossas de terra que se havia ali acumulado.

— *Was hat Ihnen an die hand getun?* — indagou ao professor o velho Rech, observando antes de tudo o curativo improvisado do vizinho.

— Ah, *nichts*, nada de mais. É só um cortezinho. Estava com a foice cortando um pastinho.

"Desconfiou? Desconfiou. Ou não?"

— Ah, sim. Isso acontece. São ossos do ofício — respondeu o velho. — *Wir pflügen hier, um etwas Mais zu säen*[11] — comunicou ao professor.

"Não. Não desconfiou de nada. Como poderia? De nada".

— *Im alten System... hatten Sie es schon einmal gesehen?*[12] — perguntou ao vizinho o filho do velho.

— Alguma vez ou outra...

— Mumu, *Sollen wir das Unterfangen fortsetzen*[13]? — perguntou o velho ao filho, que era chamado por todos pelo apelido (com a exceção da família, ninguém sabia o seu primeiro nome). Este apelido deveu-se ao fato de ter sido "mumu" a primeira palavra que saíra de sua boca, como contavam os pais –

---

11 *Estamos arando para semear um pouco de milho por aqui.*
12 *No sistema antigo: Já tinha visto?*
13 *Continuamos a empreitada?*

achavam nisso, tanto na época como ainda agora, a maior graça do mundo –, no momento exato que o pequeno contemplava com curiosidade as vacas da família pastando no potreiro, apontando-as com o dedinho. Depois disso, apesar de o tempo passar, e muito, o apelido nunca mais lhe saiu.

— *Ja* — respondeu ao pai. — *Wir haben gegen zehn einen Snack gegessen*[14]. Podemos tocar direto agora nisso aqui. Não sei se tu viu a previsão para o resto da semana, professor... mas é de chuva, quase todo o resto da semana. *Also, was Sie jetzt pflanzen, wird viel später gut kommen... mit dem Regen*[15] — observou Mumu, dirigindo-se ao vizinho.

— Fazem bem — respondeu. "Bem hoje? Idiotas! Bem hoje... Como vou passar para ir lá em cima?"

— É, se chover mesmo... — disse o velho, com certa cautela ao entusiasmo do filho em relação à previsão de chuvas para a semana.

— Perdendo a fé, meu pai? — indagou-lhe Mumu, sustentando no rosto, como de habitual, característica que herdara do pai, evidentemente, e para o qual parecia com isso querer-lhe emprestá-la, como se no velho, transmitindo-a ao filho, faltasse-lhe, agora, um sorriso.

— Não, jamais! — se recompôs o velho Rech, de imediato à pergunta. — De forma alguma. Fizemos o nosso. Sempre tentamos fazer. O milho... plantamos... só com o *peck-peck*[16], sabe? — disse o velho, gargalhando, enquanto encenava plantar sementes de milho com o seu *peck-peck* invisível.

— Sim.

Mais à esquerda da eira em que a terra fora revolvida pelo arado, o relevo se afundava numa descida íngreme, após a qual, encoberta pelo zênite no sentido de quem as procurava descobrir da estradinha, ficavam a casa e as instalações dos Rech. Uma silhueta fora ascendendo gradualmente o declive, no horizonte mais próximo da eira. Primeiro, descerrou-se o cume de uma cabeleira luminosa; depois, uma cabeça, em certa medida desproporcional – no alto da qual se despontava a testa larga – aos membros e ao próprio corpinho, que foram se revelando posteriormente. Tinha um rostinho frágil e dócil, no qual se via repousar um narizinho arrebitado de hastes convexas, e olhos enormes de coloração verde-esmeralda, os quais – transmitiam a impressão àqueles que lhe

---

14 *Sim. Nós fizemos um lanchinho, às 10h.*
15 *Então, o que plantar agora vai vir bem depois... com a chuva.*
16 *Plantadeira manual utilizada antigamente.*

contemplavam a exuberância – pareciam conter em si um aspecto de contínua novidade, como se assistissem ao mundo sempre pela primeira vez. Tinha os cabelos louros divididos por detrás das orelhas; a franja que atirava ao lado direito prendia com um rampinho em formato de borboleta. Pela sua compleição, não deveria passar dos seis anos de idade. Era a filha de Mumu. Trazia em uma das mãozinhas uma térmica enorme de água gelada para o pai e para o avô. Arrastava a térmica, devido ao peso excessivo para ela, com muita dificuldade, caindo com os joelhinhos repetidas vezes sobre os montículos de terra.

— *Mädchen, wie kannst du so viel Gewicht trage?!*[17] — gritou-lhe o avô, utilizando uma tonalidade na voz que não tinha em nada advertência, mas, ao contrário, orgulho pelo esforço descomunal da netinha, provando desde a tenra idade o gênio da raça.

— *Nur ein wenig. Warte, Opa wird helfen*[18] — gritou para a menina, cravando a foice na terra e indo ao seu auxílio. Tomou a térmica da neta, dando-lhe a ordem de procurar o abrigo de uma sombra:

— *Jetzt geh raus aus der Sonne. Suche nach einem Schatten. Gehe! Shnell!*[19]

A menininha saiu numa disparada à ordem do avô; achegou-se ao grande pinheiro que ficava junto à beirada do barranco, na borda do qual o canavial se estendia, comprimindo-se à estreita sombra que o tronco projetava na terra. Aos pés do barranco, a velha estrada principal se estendia para a esquerda e para a direita.

— Desse tamainho e já quer trabalhar — comentou com grande prazer o velho Rech, quando se juntou novamente aos outros dois homens.

— É uma figurinha. Não?! — disse Mumu, enchendo-se de orgulho da filha.

— Sim — respondeu o professor.

— *Schauen Sie sich Sojabohnen an, Lehrer*[20] — tentou pescar-lhe o velho. "Um como o outro... um como o outro...".

— Isso. Sim. Eu vou dar um pulinho à Vila — disse o professor, convicto de que os homens, principalmente o velho, estranhariam em muito se ele dobrasse à esquerda na estrada principal, caminho que precisaria tomar para alcançar o lugar "derradeiro" escolhido como palco para o seu "ato final". "Não

---

17 *Menina, como tu carregas tanto peso assim?!*
18 *Espera um pouco. O vô te ajuda.*
19 *Saia já desse sol. Procure uma sombra. Vá! Rápido!*
20 *Olhando as lavouras de soja, professor?*

vão arredar o pé daqui por algumas quantas horas. Quando cansarem, vão procurar alguma sombra por aqui mesmo. Não, definitivamente não vou voltar para casa... encarar os cães, os retratos... as lembranças... De modo algum. Em tudo o mais, se pode criar coragem, vai ser preciso ter coragem!... bebendo um pouco. Não é de todo mal. Não mesmo".

— Essa hora, professor? — indagou Mumu, evidentemente sem pretensão alguma de especular sobre a vida do vizinho, mas tão somente por um reflexo espontâneo de sua mansidão de espírito.

— Mas o que é isso, rapaz? Deixa o homem! — advertiu-lhe o pai.

— Não, tudo bem. Vou ter uma reunião com a diretora, e quero caminhar um pouco... ando muito parado... Não é a mesma coisa lidar do que exercício... Entende? — foi-se justificando.

— Ah, vai voltar pra escola então? — pareceu alegrar-se o velho.

— É, estou vendo isso — respondeu o professor.

Um silêncio recaiu entre os homens, quebrado, após um minuto, pelo velho.

— É, é... E a chuva? Nada, nada. Na Católica, 54 mm; no Baixo Santo Antônio 20; pra nós, nada — voltou a se queixar da falta de chuva. — Será que o velhinho lá em cima se esqueceu de nós?

"Sim, certamente se esqueceu, há muito tempo. Há muito nos deixou a definhar nesse deserto. Sim! Um deserto verde, mas ainda assim um deserto".

— Mas calma, meu pai. Tudo no seu devido tempo — ponderou Mumu.

— É, temos que seguir. Fazer o quê? Fazer o quê? Fizemos o nosso... Deus que se encarregue da parte Dele — concluiu o velho, abrindo um sorriso em seu rosto.

"Como pode ainda sorrir? Como pode ainda manter o ânimo para alguma coisa? Um desgraçado afligido pelo sol e pelas chuvas uma vida inteira... Uma vida inteira na miséria, na desgraça, numa interminável tortura, todos os dias. Como pode?".

À sombra do pinheiro, agora sentada no chão, apoiando as costas no tronco, a menina desenhava com um pequeno galho caracteres na terra. O professor a contemplou por algum tempo, envolvido por aquela sua brincadeira despretensiosa. Quando a menininha percebeu estar sendo vigiada, ergueu o olhar para o homem que a contemplava, sorrindo largamente, enquanto seus olhos, verdes como uma esmeralda se encheram de um brilho que chegava a ofuscar quem os encarasse por tempo prolongado. Ao sorriso e ao olhar da menina, de imediato o professor baixou a cabeça, desviando seus olhos dos olhos da criança.

— Bem, vou indo — manifestou aos homens.

— *Wir reden noch, tschüss*[21] – despediram-se os Rech, voltando ao trabalho da eira.

Com efeito, era por demais tortuoso para ele olhar para aquela menina, como o era tortuoso olhar para quase toda criança que encontrava. Aquela, em especial, por conexões que eram para ele desconhecidas, fazia-o lembrar da época da gravidez da esposa.

Que época feliz fora para ele aquela que agora já parecia tão distante, tão distante que chegava a duvidar de que a vivera. Como a esposa parecia refletir uma luz sobrenatural de seu rosto. Parecia ainda mais linda do que, por natureza, já era.

Lembrou-se de como, no dia em que ouvira da boca dela a notícia de que seria pai, se considerou o homem mais feliz sobre a terra, ainda que um medo indescritível, um medo que nunca sentira antes, se chocava contra aquela felicidade. Era a primeira vez em sua vida que sentia o peso da responsabilidade por alguma coisa além de si mesmo lhe recair sobre os ombros. Porém, podia intuir, a partir daquele sentimento de medo pela responsabilidade de saber que uma vida, aliás, a vida da filha e da esposa recairiam sobre ele, que não se daria mais ao luxo de oscilar nas decisões nem quanto às obrigações que o papel de pai e de marido lhe exigiriam. Pelo contrário, a partir da gravidez da mulher, teria todos os impulsos necessários para se tornar um homem estável, seguro de si mesmo, compromissado com a vida e com os seus. Quando os dias ruins adviessem, quando cogitasse desistir de tudo, olharia para aquele serzinho inocente lhe pedindo amparo, a ele, o pai que já era capaz de reconhecer como tal ainda que com poucos meses de vida, sendo o bastante para lhe convencer a continuar. E continuaria, por amor àquele serzinho e por amor à mãe dele. Uma vida em que se atendesse apenas às próprias exigências, às próprias vontades e aos próprios desejos parecera sempre a ele uma existência insípida, sem sentido algum. Lembrou-se de como, naquele tempo, despertava, atônito, tomado de preocupação, ao menor ruído que a esposa fizesse, quando, por exemplo, ela apenas se virava na cama, procurando uma posição mais confortável para dormir. Descia sobre ela então um interminável formulário de questões: se ela estava bem; se precisa-

---

21 *Conversamos, tchau.*

va de algo; se sentia vontade de comer algo específico; se sentia alguma dor ou algum desconforto; se, no caso que sentisse alguma dor ou algum desconforto, que local e de que espécie o eram, e de que modo poderia ajudá-la a se livrar das dores e dos desconfortos etc. Sabia que se tornara insuportável com toda esta preocupação exagerada; mas o fato era que se sentia ele mais desconfortável, assustado e, o fazia crer a mulher, sentia maiores dores do que a própria grávida. Lembrou-se de como ficava de joelhos diante da esposa, encostando o ouvido à barriga dela, procurando captar algum sinal de vida que pudesse emitir a filha. Quando tinha a sorte de acontecer, se extasiava de uma alegria maior do que o mundo, beijando o ventre da esposa, pulando como uma criança, indo às lágrimas. Faziam então o esboço de como seria o bebê: se teria os cabelos da cor da mãe ou do pai, ou ainda um misto dos dois; os olhos certamente os teria verdes, já que ambos os pais os tinham; sobretudo seria uma linda criança, sem dúvida alguma, pois ambos os progenitores eram de agradável aparência. A mãe, nestas oportunidades, deixava claro como teria cuidados especiais para com a alimentação da filhinha, atribuindo-lhe a si a tarefa de planejar e manter uma dieta saudável para ela; também não permitiria que a criança assistisse à televisão ou tivesse celular – seria voltada aos livros e às brincadeiras ao ar livre. Dariam todas as condições para que ela formasse seu imaginário da melhor e da mais rica forma possível, ponderava a mulher. Lembrou-se de que, antes do casamento, quando ela ligava para ele em dias nos quais ele tivera crises seguidas e agudas de ansiedade, fazia com que então se imaginasse ele mesmo segurando uma bebezinha em seu colo, a criança que teriam após o casamento, e de como esta criança sorria para ele, sentia-se segura nos braços dele, e de como tudo isso seria fantástico! Seria absurdamente fantástico. Esta imagem se fixou na memória dele, servindo de antídoto, em muitos casos, contra as crises de ansiedade e contra as crises de pânico, tanto naqueles dias remotos, como nos dias de hoje – com menor eficácia nestes últimos, é bem verdade.

    Como sentia falta da esposa, como sentia falta da filhinha, como sentia falta de todo o seu passado, que, conforme o presente se tornara mais e mais negro, parecia a ele um verdadeiro paraíso perdido.[22] "Para sempre perdido".

    Por tudo isso, não poderia encarar aquele rostinho que lhe sorria com toda a inocência possível. Deu-lhe as costas, não ousando virar-se, temendo que outra vez todas aquelas lembranças lhe chegariam à mente, provocando-

---

22 *Em busca do tempo perdido, vol. VII – O tempo redescoberto,* de Marcel Proust.

-lhe as dores insuportáveis que arrastavam consigo agora e nos últimos tempos. Desceu para a estrada principal, pegando a direita.

O amplo vale se abria em todas as direções. No oeste, distante a muitos quilômetros, via-se o rebrilhar metálico de um edifício de lata, ao lado do qual se distinguia com alguma dificuldade um extenso e elevado pórtico. "Esperança". Seguindo a linha do pórtico, notavam-se, reverberando aos raios do sol, as manchas incandescentes dos carros navegando nas imensidões daquele mar verde onde a soja se espalhava por onde quer que os olhos penetrassem. Em pontos esparsos, como embarcações naufragadas, algumas poucas propriedades resistiam ao assalto progressivo daquele mar furioso das plantações.

Recordou de como o avô, que labutara ano após ano durante uma vida inteira contra a dureza da terra, assolado pelo sol e pelas chuvas, pelas estiagens e pelos invernos gélidos, costumava dizer que não era com os olhos que se mediam as proporções daquela vastidão infinita, mas sim com as quantidades dos calos que registravam suas marcas inconfundíveis nas mãos daqueles que a ousavam enfrentar, dia a dia. Uma imensa vastidão em nuances inflamadas pelo verde-esmeraldino sob a cúpula do azul-turquesa de um céu límpido, despido da presença de quaisquer nuvens.

Pensou, assistindo àquela imensidão, na luta imemorial do homem contra a terra e contra a natureza – tão antiga quanto o próprio homem. Pensou nos seus antepassados que haviam chegado àquela região havia mais de século, guiados entre os perigos do oceano, deixando tudo para trás, rumo a um continente distante do outro lado do mundo, entregues a terras inexploradas entre a volúpia das matas e dos seus mistérios selvagens, pela esperança de uma vida melhor. Apoiavam-se, sozinhos neste antro de incivilidade, na força dos próprios braços e na intrepidez da própria coragem que tinham na alma pela qual, como num prodígio atávico, promoveram aos seus a herança de um espírito infatigável.

Assim como os vizinhos, como todos que vieram antes dele e se entregaram a esta luta obstinada, pensou que também seria quebrado pela terra e pela natureza. Se parecia loucura um homem acordar todos os dias e se colocar na mesma luta todos estes dias contra aquelas vastidões invencíveis, ainda que a terra e a natureza matassem-no pelo cansaço, dilacerasse-lhe os ossos e os nervos, se vingassem do homem que lhes cultivou uma vida inteira engolindo em seu ventre seu corpo já inutilizado pela velhice, o desfazendo em pó, retornando à condição que era no princípio, a vergonha da desistência para aquele homem era a única das dores que não poderia suportar de modo algum, pois todos os sacrifícios e todos os sofrimentos pareciam pouco perto da grandeza do espírito infatigável que lhe movia a ser maior, muito maior do que tudo que havia no mundo, sendo este mundo, conjunta toda a sua dimensão, pequeno por demais para lhe reter todos os sonhos e todos os desejos.

Criara-se então, em certa medida, um respeito mútuo entre o homem, a terra e a natureza, pois que a terra e a natureza, assistindo ao esforço colossal daqueles homens em prol de superá-las, acabaram se lhe rendendo, pelo menos em parte.

Pensou nos homens muito mais resilientes e muito mais fortes do que ele, os quais havia conhecido, que haviam quebrado no momento em que se passaram a infligir questionamentos sobre a razão de toda aquela luta absurda e sobre todo aquele esforço sem aparente sentido. Sabia muito bem que, uma vez cedido a estes questionamentos, que carregam em seu cerne o contágio da dúvida que irá envenenar tudo aquilo que se tinha por mais certo, por mais inquestionável, difícil se tornava superar os efeitos que traziam em si, quase sempre irreversíveis.

As novas gerações não conheceriam as doses daquele esforço colossal empregadas na luta do homem contra a terra, na luta do homem contra a natureza; dir-se-ia, daquela luta sobrenatural do homem na tentativa de cobrir com seus esforços a grandeza daquelas terras intermináveis. Mas, refletiu, por mais que o homem se amparasse em sua sapiência para atenuar os seus esforços nesta luta, mecanizando os empreendimentos da agricultura, haveriam sempre de lhe impor a terra e a natureza barreiras intransponíveis.

O sorriso do velho Rech voltou à memória dele. Pensou que o vizinho, escondendo suas dores por detrás daquele sorriso e daquela tranquilidade forjada, era um farsante, como todo homem que se revestia daquelas estampas artificiosas era um farsante. Cogitou voltar, questionar-lhe o sentido de uma vida inteira de penosos suplícios investidos numa luta que de antemão se sabia perdida, uma luta em que se sabia de antemão condenado o corpo e a alma à degradação inevitável, para no fim cair-se sempre no vazio do esquecimento, sem deixar marcas de si para aqueles que lhe sucederiam naquela existência sem propósitos.

Mas "saberia ele responder?" Saberia alguém responder? "Teria ele", o vizinho, "ao menos uma única vez em toda a sua vida se perguntado sobre tais coisas? Alguém teria se perguntado sobre tais coisas?".

"Inútil. Tudo inútil".

Alguns metros antes de chegar à autoestrada, um casebre em ruínas, tomado de todos os lados pela capoeira, assentava-se ao lado esquerdo da estrada de chão. Recordou a história que envolvia aquele sítio abandonado há muitos anos.

"O velho Steiner... Todos contam como ele estourou os próprios miolos dentro de casa. Bebia muito, pelo que diziam os que o conheceram. Do tempo que o Rech era ainda jovem. Disseram que morreu na bebida. A mulher o deixou, foi embora com outro. Já bebia ou não? Isso não me disseram. O fato é que foi. E deixou Steiner sozinho. Justo ou não, deixou. O Rech me disse que o irmão dele, o... Qual é o nome dele? Ah, sim, o Emiliano, ele achou o corpo do velho três dias depois que tinha estourado a cabeça. Estranhou o cavalo na frente da casa, amarrado o final de semana inteiro. A porta trancada. Uma janela da lateral da casa, aquela que dava no quarto do velho, aberta. No parapeito um corvo. Pegou uma tábua, que apoiou como uma rampa no parapeito. Quando escalou, viu o velho todo estraçalhado jogado na cama. Na parede, atrás da cabeceira, manchas de sangue coagulado. Um outro corvo sobre a cabeceira. 'Que cheiro horrível', ele comentou com o irmão. Um cheiro insuportável. 'Muito pior do que um bicho', ele comentou, disse o Rech. Por que razão? Todos só apontavam para a bebida. Só para a bebida. Se havia outros motivos, ninguém poderia dizer. Ninguém. O Rech disse que, quando ele bebia, nunca andava, mas sempre corria. Sempre correndo e bebendo. Bebendo e correndo. Que desgraçado, estourar os miolos...".

Recordou que havia cogitado comprar uma arma. Mas refletiu bem, poderiam desconfiar da finalidade. Um homem pacífico como ele, para que compraria uma arma? Estava com medo de que alguém desconfiasse? Estava com medo de que alguém se importasse? Ou, pelo contrário, estava com muito medo de descobrir que, na verdade, ninguém se importava? Em todo o caso, desistira da arma, estudando outros meios.

Antes que seguisse pela estrada, afastando-se do casebre abandonado, atinou-se de como seria inconveniente e até imprudente levar para a Vila aquele pedaço de corda enrolado e enfiado no cós da calça. Poderia desprender-se ao menor movimento e daí... "Aí seria inexplicável." Deu alguns passos em direção ao terreno onde a capoeira era densa e alta, alcançando os degraus de uma escada de madeira caindo aos pedaços que conduzia à área frontal do edifício em ruínas. A madeira rangeu quando ele pisou no primeiro degrau, assim como o assoalho da área em que se viam os desgastes e as frestas expostas. Abriu a porta da frente da casa, forçando-a, já que se encontrava emperrada. Certamente há muitos anos ninguém adentrara aquele recinto tomado pelo mofo, em que os ratos fizeram seu abrigo. Retirou a corda do cós da calça, deitando-a ao assoalho, por detrás da porta, que fechou quando saiu para o terreno. Do terreno voltou para a estrada.

Agora estava próximo o bastante do asfalto. O ronco dos motores e o sibilo dos autos cortando o ar como flechas chegavam-lhe aos ouvidos.

V.
O caminho à vila

Lucas 4:1-13

No fim da velha estrada de chão, na altura em que afluía à autoestrada, dobrou à esquerda, tomando o caminho da Vila. Seguiu à beirada do acostamento, rente às moitas do pasto e dos inços que se formavam e se avolumavam nas sarjetas, e que por vezes lhe roçavam nas pernas e mesmo nos braços.

Ao longe, quando se erguia a cabeça e se sustentava o olhar, mechas de calor ondulavam sobre o piso escaldante do asfalto, distorcendo a visão e criando miragens como sucede a um itinerante em meio às vastidões das areias de um deserto.

Eram poucas as propriedades que se abeiravam ao longo da faixa naquele trecho. Antigamente, como contava o pai repetidas vezes, nos seus tempos de criança, quando residia naquelas paragens, o distrito inteiro de Santo Antônio somava mais de trezentas famílias. Era do pai também o prognóstico de que, "no máximo, bem tardando, no máximo de vinte ou trinta anos tudo isso vai ser um deserto".

Um deserto estendido nas vastidões de um verde infinito pintado pelas lavouras infindas da soja, tão só salpicadas em alguns pontos esparsos, que a cada ano se reduziam drasticamente, pelas nuances de um verde mais forte do que aquele, fazendo notar os resquícios de uma floresta imensa que deveria há séculos ter recebido em seu ventre os primeiros colonizadores daquela região inóspita e esquecida pelo restante da Terra.

"Nenhuma alma viva em um raio de dezenas de quilômetros quadrados... nenhuma. Um verdadeiro deserto: não, ele não se engana. Restarão aqueles espíritos infatigáveis, apegados à terra e ao lugar como se houvessem firmado sob a terra raízes, não podendo de modo algum serem arrancados da terra sem que pereçam. Mas estes também, com o tempo, igualmente partirão: se juntarão ao pó da terra que tanto amaram e a que dedicaram todas as suas forças em vida, virando pó, nada mais do que pó! Então... então da presença do homem apenas máquinas cobrindo as extensões infinitas desse deserto verde, sem alma, sem vida e sem esperança".

"Iriam todos se amontoar na cidade, como fizeram no passado, como faziam hoje. Os velhos... eles esperam a aprovação da aposentadoria e vão atrás dos filhos que partiram para lá anos antes, deixando o interior, amontoando-se na cidade. Não! Era necessário, foi necessário na época, agora, e sempre, necessário. Que culpa teriam? Não. Não se viram obrigados? Que outras alternativas tinham exceto a de seguir o fluxo?... Seguir... Seguir o... o flu-...xo. Seguiram... seguir... seguin... Agora vem com uma onda... esse pessoal... perderam suas raízes, sua identidade... Chacrinhas? Chacrinhas para todo lado. 'Ah, um lazer!', dizem eles. Um lazer...? 'Sim, um lazer'. Lazer. Como se houvesse... O que há de prosaico aqui? O quê? A realidade do homem com a terra é bem diversa: ofende os fracos de espírito... os prosaicos. Mãos limpas as deles, pés limpos com calçados sempre tão limpos que sempre parecem novos os deles, sempre. Banho tomado sempre, cabelos penteados sempre, casas limpinhas sempre, com o piso limpinho sempre, chegando a brilhar! Lavam até as calçadas... Tudo certo, tudo muito certo. Exato. Tudo fácil, muito fácil. É só colocar o prato na mesa; é só ir ao mercado da esquina – de carro, claro, sempre de carro, como muletas... mu-le-tas. Pega na prateleira lá, passa no caixa mais adiante, desfila para cá e para lá, empurrando um carrinho... empurrando. Sorrir de volta para a atendente do caixa. 'Bom dia!'. 'Bom dia!', mesmo quando não é um bom dia – quase nunca é. 'No cartão'. 'Débito ou crédito?' Paga. Nem precisa mais de papel no bolso. Nada. Paga. 'Bom final de semana!'. 'Igualmente'. É... igualmente. Sempre. Sorrisos, sempre. Paga no cartão: tranquilidade. Uma semana sem eletricidade, pane no sistema, e estariam todos mortos. Ou se matariam, uns aos outros, todos a si mesmos. Eles se matariam. Com toda a certeza. Paga, sorri, sai empurrando o seu carrinho de rodinhas cheio até a goela com tudo aquilo que você precisa mais tudo aquilo que você nem precisa e provavelmente nunca vai precisar, mas que, nunca se sabe por qual ou quais razões, você convence a si mesmo de que vai precisar algum dia. Vai. Uma porta de vidro abre e fecha sem que ninguém mova um dedo. Amontoa tudo dentro do porta-malas.

Não, não é verdade: o carro não anda sozinho... Mas quase. Qual o esforço? Qual? Sai do estacionamento e pega a rua: outras centenas de outros carros com porta-malas amontoados com aquilo de que precisam seus proprietários mais tudo aquilo que nem precisam e provavelmente nunca vão precisar, mas que, nunca se sabe por qual ou quais razões, convencem a si mesmos de que vão precisar algum dia, andam em círculos guiados pelos seus condutores, pois, se não podem andar sozinhos, é verdade, não exigem deles quase nenhum esforço. Sozinho. É verdade. Uma vida prosaica num sítio: vaquinhas dando leite com que se produz um queijinho; boizinhos pastando mansamente nos piquetes enquanto o pastor do rebanho mansamente toma o seu chimarrão sentando na varanda da casa de frente à pastagem; na água, os peixes fazendo graça com suas acrobacias de peixe... Tudo prosaico, tudo lindo, muito lindo... Tudo... Como em um filme... como em um sonho ou como em um delírio. Um delírio, definitivamente."

De maneira lenta fez uma volta ao redor de si mesmo, observando mais uma vez aquelas vastidões infinitas em que a soja se derramava a perder-se de vista. "Um deserto, realmente um deserto".

Pensou em como aquele deserto se estendia, invadindo a cidade de todos os lados – na cidade onde "se amontoavam aqueles homens prosaicos". Não havia limites exatos entre o campo e a cidade. "O campo engole e empurra a cidade para o seu círculo minúsculo de encenação. Ou seria mais certo dizer que puseram os homens aquela cidadezinha no seio daquele deserto imenso, encolhida no seio daquele deserto imenso, sem limites, sem vestígios de vidas e histórias antigas?".

Julgou os homens daquela cidadezinha por tolos, restringindo-se a andar dentro dos limites que ergueram para si e dos quais tanto se orgulhavam. Andavam em círculos dentro de círculos ainda mais concêntricos e ainda mais claustrofóbicos, acelerando a lataria de seus veículos, e assim iludindo-se de que se moviam ao bel-prazer, que podiam, quando quisessem, ir e vir para onde quisessem. "Livres. Livres?! Acham-se livres... Sim, se acham livres! Tropeçam nos compromissos e nos limites que a cidade impunha a eles. Tropeçam uns sobre os outros, sempre tão apressados, sempre tão sufocados por seus compromissos sempre tão inadiáveis, sempre tão cheios de importância, pois se davam, é certo, ares de suprema importância, como a tudo o que faziam, a tudo o que eram, a tudo aquilo que pretendiam ou acreditavam ser, sendo tudo isso, na verdade, sem importância alguma. Tudo farsa. Tudo para preencher um vazio acabrunhante. Tudo e todo um arsenal de distrações para fugir da pergunta sobre aquele vazio, sobre a insignificância e o despropósito de tudo o que faziam, de suas próprias vidas sem importância alguma. Tudo. Realmente tudo".

"Amontoados".

"Não conversam nem trocam uma única palavra. Mas há, é indispensável que exista e se mantenha sempre aquela presença silenciosa. Tirasse o guarda da esquina por um dia, viesse um edifício abaixo, e todos repentinamente ficariam loucos, tomados pelo desespero e pela ideia de que tudo estava de ponta-cabeça. Verdade: não trocavam uma única palavra. Ou, pelo contrário, trocavam todas: calúnias, fofocas, xingamentos... ofen-sas. E nas ofensas havia todos os sabores do ódio, sendo um verdadeiro banquete servido para o povo pela língua do povo. Notavam-se – sim, é verdade que se notavam... quando havia brechas para a maledicência. De resto, ignoravam-se – sim, é verdade que se ignoravam, quanto mais pudessem ignorar uns aos outros, não deixando brechas para qualquer tipo de solidariedade".

"A mesma pretensão daqueles senhores do medievo: construíram cidades inteiras cercadas por muralhas e fortificações colossais, depositando nisso a esperança de que nenhum mal exterior pudesse atingir o povo, dando eles a si mesmos o caráter de intocáveis, invulneráveis. Bastava que outro senhor de outra cidade murada, inimigo de morte daquela, inventasse a catapulta, ou uma leva bárbara cuspida de terras selvagens distantes arrepiasse saques por onde quer que passasse, e toda a sensação de segurança e de estabilidade desabaria com os tijolos de suas muralhas, restando tudo em pó e tudo em cinzas. Não eram muralhas, nem fortificações, nem fossos, nem torres no que os homens de hoje baseavam falsamente a sensação de segurança e estabilidade inquebrantáveis; não: estavam todos seguros, todos murados, todos atados uns aos outros de modo que se se abeirassem de um abismo, o primeiro despencando, todos despencariam, um após outro, sem ressalvas, estavam todos seguros pela ilusão, muito mais resistente do que qualquer muralha, pela ilusão de formarem todos e estarem todos abrigados sob a tutela de uma irmandade... protegidos!... protegidos! Assim como os medievais, ignoravam por completo o fato de que os males se originam dentro das próprias cidades, dentro das próprias muralhas das cidades? Ignoravam por completo que os males se originavam dentro do coração dos homens, e que para isso não haveria muralha alguma e nem ilusão de irmandade alguma que os protegeria? Achavam piamente que fechando as portas e as janelas, pregando tábuas contra elas, impediriam a criação e a proliferação dos ratos enquanto os ninhos se assomavam no interior das casas. E aquilo... aquilo, sim... aquilo os cegou de vez, achando todos unidos, todos conectados, todos juntos... as telas... tornando-os seres imortais, em quem o sofrimento, as adversidades da vida, todos os aspectos da vida comum a todos os homens de todos os tempos... nada os toca, nada os atinge, nada existe... As telas... deuses, a ilusão os tornou deuses, fechados em seu próprio Olimpo de ilusões enquanto a vida e o mundo aqui fora seguem o percurso natural e ininterrupto da existência. Oniscientes, onipresentes e onipotentes... Estavam em todos os lugares em todos os momentos, exceto em si mesmos; aspiravam todos aos mesmos desejos e aos mesmos gostos; livres demais para serem livres. Um mundo unido, um mundo condenado".

 Iludiam-se. Iludiam-se uns aos outros, todos a si próprios iludiam-se. Não poderiam jamais, por mais ilusões que concebessem, por mais que encenassem sob a égide desse acordo mútuo e silencioso entre os homens, que é a ilusão de serem os donos das próprias vidas e saberem o que fazem das próprias vidas, não poderiam jamais superar a solidão intransponível que existe sempre dentro do homem, em cada homem e entre um homem e os demais. "Façam eles o que façam, iludam-se o quanto queiram se iludir... Uma solidão in-trans-po-ní-vel!"

 "Não, não. Nós, nós do campo, nós somos bastante honestos e bastante corajosos para admitir a nós mesmos a realidade. Nós nos entregamos a essa solidão instransponível, nos entregando a essas vastidões infinitas, porque sabemos, porque sabemos e aceitamos ser do homem a sina de nascer, viver e morrer sozinho, apenas na companhia de seus próprios dilemas".

 Andou cerca de dois quilômetros pela beira da autoestrada, quando o assalto de uma vertigem o impediu de continuar. Sentiu-se muito fraco, perdendo as forças do corpo enquanto no estômago a ardência aumentava. "O calor, o calor é muito forte". Acendeu outro cigarro. Por volta de cinquenta passos à frente, à beirada de uma estradinha de chão que se abria à esquerda e perdia-se de vista num declive acentuado do terreno, duas figueiras enormes, lado a lado, estendiam suas sombras em uma extensa circunferência. Ele fez um grande esforço para se achegar às árvores, vencendo a vertigem e o mal-estar geral do corpo. "Devia ter comigo algo a mais. E também... aquele maldito, aquele maldito vizinho... Mas não é de todo ruim. Não é. Beber um traguinho para dar coragem... Mais de um talvez. Quantos forem precisos. Então surge a coragem necessária para AQUILO... Surge!"

Sentou-se ao chão, à sombra das figueiras, escorando as costas no tronco. Acendeu outro cigarro. Pensou que talvez pudessem passar conhecidos dele pela autoestrada e, quando o avistassem ali, sentado no chão como um mendigo ou como um bêbado, estranhariam tanto o fato que parariam os carros, correriam ao seu encontro, cheios de preocupação e espanto, perguntando a ele o que fazia ali àquela hora, numa beirada de estrada, jogado ao chão, escorado como um delinquente num tronco de árvore, como sem objetivo nenhum na vida e, é claro, tentariam persuadi-lo a entrar no veículo, a ir com eles, a se retirar dali o mais depressa possível, pois que não era em nada digno de sua pessoa entregar-se a tal vadiação.

"Não... Não! Mesmo que passem um milhão de conhecidos por aqui, por mim, nesse exato momento, poderia apostar tudo o que tenho contra nada de que não parariam. Pior: se me vissem e, principalmente, se percebessem que eu havia os visto me verem aqui, então virariam seus rostos hipócritas rapidamente para o outro lado ou para frente, fingindo não me reconhecerem... São homens, são homens, são porcos... e a imundície acompanha os porcos e os homens a todo lugar".

No céu, chamando-lhe a atenção, um avião, visto da terra como um pequenino inseto de lata, singrava as vastidões azuis, deixando para trás as listras fumacentas que cortavam aquela limpidez dos ares como um arco-íris esbranquiçado. Imaginou ser a sua mão um rifle, com o qual mirou na cauda da aeronave, disparando-lhe um tiro certeiro. Como não caísse, voltou a mirar-lhe, outra vez disparando contra ela. Talvez fosse à prova de balas, pensou. Baixou o rifle imaginário, desistindo da ação.

Reclinou a cabeça contra o tronco da árvore, sentindo uma forte sensação de sono o tomar. Acendeu outro cigarro. Fechou os olhos, entregando-se à modorra, porém, os abria toda a vez que o som de um veículo em alta velocidade estrugia na estrada. Seguiu assim por alguns minutos, cerrando e abrindo os olhos conforme o trânsito dos carros; até que, por fim, acabou cedendo ao cansaço, entregando-se à sesta. A última coisa de que se lembrou foi de sentir os ossos de todo o corpo latejarem como se fossem se espatifar em centenas de pedacinhos; deveras, seu corpo e todo o seu ser davam sintomas de estarem quebrados e vencidos pela exaustão. Era raro para um homem como ele, a quem tudo fora negado, o simples fato de adormecer; ninguém o iria julgar se, aproveitando um momento tão excepcional em que o sono lhe chegara, finalmente, ninguém o julgaria e ninguém se importaria se ele adormecesse na beirada daquela estrada, sob as sombras daquelas figueiras, recostado ao tronco de uma delas. "Ninguém!" Não conseguia dormir, não conseguia comer, não conseguia nem mesmo mais respirar devidamente; não conseguia executar as necessidades mais básicas de sobrevivência a qualquer homem. O que restava a ele senão compulsões diárias de sofrimentos? Não viria a morte recair sobre ele como um ato supremo de piedade?

"Piedade. Pie-da-...".

O estrondo da buzina de um caminhão o fez despertar com grande susto. Abriu os olhos, olhando em torno, parecendo-lhe tudo normal. Viu ainda a cauda prateada de um caminhão que transportava leite mergulhando numa curva muito fechada à direita para logo sumir-se. Ao seu encontro, no sentido oposto ao do caminhão, uma carreta de dois eixos forçava o motor para vencer o leve aclive naquele ponto da estrada. "Conhecidos, é, se reconhecem. Deve estar lotada de grão. Trazem do outro lado da fronteira. Registram nos blocos de uma penca de colonos, e... E depois? A Receita deve bater algum dia, não é possível conseguirem manter o sistema para sempre". A carreta demorou a ultrapassar as árvores, e ainda muito mais demorou a sumir-se no horizonte da estrada. "Dormi quanto tempo? Besteira não trazer o celular! Não: não foi besteira... iriam me ligar... o que eu falaria, o que inventaria? Não foi besteira; foi o certo. Também: o que importa para mim saber das horas? Não faz diferença alguma. De qualquer forma, é só perguntar para alguém na Vila. Todo mundo possui horas agora. Podem esquecer a própria cabeça em casa, mas sob hipótese alguma se esquecem do celular. É uma extensão deles, uma extensão nossa. É um membro, um ditador. Um cérebro que pensa por nós, que nos controla as próprias vontades. Um ditador".

Ele se colocou em pé, sacudiu o capim e a poeira das calças, ajeitou o boné na cabeça, que havia reclinado um pouco ao lado esquerdo, e retomou a caminhada. Quando entrou no trevinho de acesso à Vila, já eram três horas da tarde.

VI.
Os escravos

1 João 2:16
Mateus 18:1-14

Moradias se estendiam, perfiladas, de ambos os lados onde o asfalto findava. Agora paralelepípedos compunham uma estrada de calçamento que logo adiante levava ao coração da Vila.

Pouco era o movimento a essa hora do dia. Em uma e outra casa, nas áreas e nos pátios, à sombra das árvores, senhores e senhoras sentavam-se para divagar o tempo em conversas ou no jogo de cartas enquanto compartilhavam a cuia do mate.

Tudo, definitivamente, denunciava o aspecto de uma vida pacata naqueles arrabaldes. "Sempre o mesmo para os mesmos".

Restavam, nos raros intervalos entre uma moradia e outra, um e outro terreno baldio em que o capim e o inço cresciam à revelia.

A arquitetura moderna das novas casas recém-construídas ou em processo de construção contrastava com a dos edifícios antigos, alguns sobreviventes há mais de meio século, tendo assim o frescor do hodierno e o venerável do arcaico à convivência momentânea, típica dos períodos de transição em que o velho resiste ainda ao novo, consciente de que não lhe poderá refrear os sobressaltos por muito tempo, assim como a este, algum dia, outra tendência sucederá, cumprindo-se um processo ininterrupto de degradação e ascendência.

"Ângulos retos; perecem prédios, como os prédios tomam conta de toda a cidade. Uma cidade para o alto, uma torre de Babel para o alto. Pensamentos altivos de homens medíocres. Padrão. Um padrão. Todos moram na mesma casa e todos vivem a mesma vida. Robôs com seus olhos envidraçados. Parecem robôs de cimento e areia e ferro. Um mundo robotizado".

A Vila havia se expandido tanto nos últimos anos que acabara por se emendar à cidade, antes separadas por mais de um quilômetro de asfalto da autoestrada. Vários loteamentos se fizeram ali nos últimos tempos, e como dentro do perímetro da cidade já não havia terrenos para novas moradias, excetuando aqueles do centro que apenas as construtoras podiam bancar a compra e nos quais erguiam, por sua vez, uma constelação de prédios ano após ano, a Vila se tornara um lugar acessível para aqueles que almejavam a posse da casa própria.

Chegando ao segundo quarteirão, aos fundos da escola do distrito, um edifício enorme de dois andares projetado em forma de L, a mesma escola em que lecionara há alguns anos, um pequeno parque se abria. No centro, uma quadra de esportes, rodeada, assim como todo o espaço do parque, por paineiras, ipês e jacarandás. Antes do anoitecer, e com maior frequência nos fins de semana, era comum este parque lotado pela população da Vila; porém, nos dias de semana e principalmente àquela hora, encontrava-se quase sempre inabitado.

Apesar do calor do piso, que a essa hora, a mais quente do dia, deveria se assemelhar à temperatura de um caldeirão, ainda que atenuado pelas sombras das árvores que se estendiam por praticamente todo o perímetro da quadra, crianças brincavam com uma bola de futebol.

Avistou um banco de concreto à beirada do passeio, e nele se sentou. Puxou um cigarro da carteira e acendeu-o com a chama do isqueiro. Ficou a observar a brincadeira daquelas crianças.

Corriam e vibravam a cada lance com tenacidade, como se estivessem disputando – e talvez para eles o fosse – o campeonato mais importante do mundo. Se não havia táticas, nem posicionamentos, nem muita habilidade, compensavam todas estas faltas com o vigor da vontade e da resiliência.

De repente, um garoto mais alto do que os outros, de pele muito bronzeada pela exposição contínua ao sol, o cabelo cortado rente à testa num estilo militar, vestindo os chinelos nas mãos na falta de luvas para goleiro, e que, por isso, andava na quadra, sentindo as solas dos pés queimarem ao contato com o piso escaldante, apoiado apenas nos garrões, reteve a bola, paralisando o jogo.

— Muito desparelho assim. Vamo ter que mudar isso aí.

— Ah, é... pode ser — respondeu outro.

— Mas quem escolhe dessa vez então? — questionou um terceiro garoto.

— Eu vou escolher — resolveu o goleiro.

— Tá bom.

— O Vitor é bom, o melhor, fica aqui comigo. — E foi agarrando Vitor pelo ombro, arrastando-o para seu lado.

— Não, só pegar os mais forte, daí, daí não vai ter graça — o advertiu um garotinho magrinho, baixinho, de fisionomia muito delicada, com os cabelinhos loiros cacheados que caíam por sobre os ombros.

— Não, cara, calma — o tranquilizou o goleiro. — O... deixa eu ver... pode ser o Ian... O Ian vai pra lá então... — continuou a divisão das equipes.

Após tantas negociações, dois grupos se dividiam, um à esquerda e outro à direita da linha central da quadra. Aparentemente, todos os preparativos estavam finalizados e a partida poderia se iniciar, quando o garotinho magrinho dos cabelos cacheados chamou a atenção dos companheiros:

— Espera, espera!

— O que foi agora? — perguntou o goleiro já visivelmente sem paciência.

— Os times... quem é quem?

— Ah, é verdade... os times.

— Nós aqui, nós vamos ser o PSG — declarou o goleiro.

— Tá. Eu sou o Messi, então — disse Vitor prontamente.

— Se tu é o Messi, eu sou o Neymar então — disse o garotinho dos cachinhos.

— Tá.

— Qual é o nome do goleiro mesmo? — viu-se confuso o goleiro.

— O goleiro? Bah! O goleiro... Não sei. Alguém sabe?

— Que goleiro? O do PSG?

— É, né? Se o time é esse, o goleiro tem que ser esse, ué.

— Mas não precisa, se ninguém sabe o goleiro, tongo — advertiu Vitor.

— Tá, então eu vou ser o goleiro do Real, então... — comunicou o goleiro, após um momento de hesitação.

— Não, nós vamos ser o Real... — contrapôs Ian, o jogador do time rival, enquanto foram escolhendo por sua vez cada um o jogador que representariam.

Deram início à partida.

Descendo os lances da escadaria que separava a escola, lá no alto do terreno, do parque e da quadra, nobres senhoras se avizinhavam das sombras das árvores. Carregavam consigo cadeiras, bacias, e dentro delas haviam posto bolinhos e pipocas, térmicas e cuias de chimarrão. Em um semicírculo, colocaram-se sentadas à sombra de um dos vários jacarandás que se distribuíam pelo parque. Cada uma delas, como se obedecesse nisso a uma ação sincronizada e mecânica, puxou do seu próprio bolso o celular, concentrando-se aos conteúdos que assistiam nas telas.

— O tempo... o tempo tá firme — resmungou uma delas, ao que as demais pareceram não ouvir.

— Quanto tempo? — perguntou outra senhora, evidentemente não captando o sentido exato do comentário da primeira.

— Ah, nada! — pareceu chatear-se a senhora do comentário.

Um intervalo silencioso se interpôs entre as ilustres senhoras, excetuando-se o som contínuo das teclas dos aparelhos sendo digitadas.

— Olha aqui, olha aqui! — chamou a atenção de todo o grupo uma daquelas senhoras. — Vocês viram o que ela postou? Viram?

— Quem, Arlete, quem?

— A meretrizinha — respondeu Arlete.

— Sim, aqui apareceu agora. Que pouca vergonha — asseverou uma das outras senhoras, recebendo na tela de seu aparelho a atualização da postagem em discussão.

— Vergonha!

— Sim, vergonha!

Um novo intervalo silencioso se interpôs entre elas, excetuando-se o som contínuo das teclas dos aparelhos sendo digitadas.

— Mas... Assistiram ontem à novela? — questionou uma senhora às demais.

— Tá vendo que vai acontecer hoje de noite aí, vizinha? — perguntou-lhe Arlete.

— Vai esquentar a coisa. Será que ela vai ficar com ele ou não?

— Eu não ficaria de jeito nenhum. Traição é coisa que não se perdoa. Uma vez feita... cê sabe...

— É, tem razão, comadre, tem razão.

— Sem dúvidas.

— Sem dúvidas.

Outro intervalo silencioso se interpôs entre elas, excetuando-se o som contínuo das teclas dos aparelhos sendo digitadas.

Enquanto isso, na quadra, tudo decorria com normalidade, até que um garoto, que ele não pôde ver de onde saíra, com uma regata e uma bermuda que lhe descia até os tornozelos, fazendo com que o elástico da cueca aparecesse em torno da cintura, levando um boné na cabeça com a aba virada para trás, no pescoço, que lhe caía para baixo da linha do peito, uma grande corrente metálica, de onde se suspendia o pingente de uma cruz salpicada de lantejoulas brilhantes, adentrara no recinto portando nas mãos uma caixa de som que segurava por uma alça de plástico. Emitia em alto volume uma batida uniforme e contagiante sobre a qual se ouvia cantar uma voz rouca; as palavras eram na maioria ininteligíveis.

Poc-poc, poc-poc... (♪)

O jogo paralisou. A turma inteira foi ao encontro do garoto da caixa de som, o saudando com cumprimentos de mãos preconcebidos, como se fizessem executar um código comum aos membros daquela tribo, de todo incompreensível para os adventícios. Alguns dos meninos sentaram-se ao redor da caixa e daquele que a havia portado até ali, enquanto outros fizeram a volta por fora da quadra, aproximando-se de uma torneira que ficava por detrás de um dos arcos, separada deste por uma cerca alta de arrame.

Tu sentando... (♪)

Enfileiraram-se de frente à torneira. Um após o outro, fechando as mãozinhas em forma de concha para reter a água que jorrava do cano, saciava a sede. O líder do grupo, o goleiro, quando terminou de beber, cedeu lugar ao companheiro que o sucedia na fila, tirou os chinelos das mãos, calçando-os nos pés. Tomou, então, a direção de um homem de aparência sinistra que, sentado em um banco de concreto, contemplava a brincadeira de garotos a jogar bola enquanto fumava um cigarro após o outro.

... na parede... (♪)

"Vem para cá? O quê? Por quê? O que ele está fazendo?... É certo que vem para cá: está me olhando, está olhando, sim... para mim... E agora sorri. Por que motivo sorri como um louco? Tem algum problema, será? Só pode que tem... Se eu fizer uma cara de desagrado, ele vai pegar o rumo de volta... Não, não adianta. Não adian..."

— Opa, tio. Tem um cigarro aí?

O homem, já estupefato pela aproximação repentina e inesperada do garoto, se encheu ainda mais de espanto diante da pergunta, chegando mesmo a lhe faltarem as palavras. Não conseguiu nem ao menos esboçar alguma reação que fosse. Pairou entre eles um profundo silêncio que deve ter durado mais de minuto. O garoto, pensando não ter se feito ouvido pelo homem, refez a pergunta anterior:

— Tem não, tio?

— Quantos... quan... quanto... quantos anos vo-cê tem? — balbuciou entre gaguejos o homem.

— Tu vai tomar... (♪)

— Quantos anos?! Vou fazer catorze ainda esse ano. Por quê? — rebateu o garoto, exibindo um olhar de estranhamento diante da pergunta que o homem lhe fizera.

— Catorze...

— É.

— Você fuma, guri?

— Olha... — baixou um pouco a cabeça; rugas cortaram em linhas horizontais a sua testa, demonstrando se entregar ao exercício de uma reflexão profunda, cuidando acertar em cada palavra que empregaria agora, já que, era justo, um cigarro estava em jogo. — Depende — falou, arrastando a palavra "depende". — É... mais ou menos. Depende a situação, o momento, como vão as coisas, entende? É... às vezes a gente tá mais estressado, mais nervoso com as coisas, entende... você entende, né, cara?!

— Ah, sim, perfeitamente.

— É isso aí.

— Então você está nervoso agora ou algo do tipo? — questionou-lhe o homem.

— Não... é... não sei. Talvez. Eles — apontando com a cabeça para os companheiros de jogo — não jogam porcaria nenhuma, e a gente tem que ficar com isso... Entende, cara?

Um ritmo diferente soava agora na caixa.

— Sei.

... vontade de ser esse... (♪)

— E tem outra: não precisa de motivo, entende, cara?

— Sim, entendo.

— É isso: não precisa de motivo. Precisa?!

— Acho que não. Não sei. Talvez...

— É, não sei também.

— Mas tu não deverias usar isso aqui. Isso aqui — disse o homem, apontando para o cigarro que sustinha entre o indicador e o médio.

— Então por que o senhor não para então, tio? — redarguiu o garoto de prontidão, à advertência do homem, exibindo em seu rosto um sorriso de superioridade por desmascarar a hipocrisia do outro.

— ... que o pariu... (♪)

O homem, rendendo-se à astúcia do garoto, retirou um cigarro de dentro da carteira, oferecendo-o ao menino, que o levou à boca. Fechou as mãos sobre o cigarro, reclinando-se em direção ao homem para que este acendesse a ponta com a chama do isqueiro que havia deixado sobre o assento do banco.

— Não é necessário proteger do vento se não há vento — observou o homem.

— Ah, é. Pode ser.

Uma vez aceso o cigarro, o garoto pôs-se sentado ao lado do homem. Sugou profundamente o tabaco e, com muita lentidão, degustando com grande proveito e satisfação, o que demonstrava pelo aspecto hilário em seu rosto, foi soltando a fumaça em extensas baforadas pela boca e pelas narinas.

Um ritmo semelhante àquele primeiro se fez ouvir na caixa de som.

— ... noite promete... (♪)

— O que aconteceu na mão, tio? — questionou-lhe o garoto.

— Nada, nada. Nada mesmo.

— Ó, ó, uhlll! Bom, bom mesmo. Muito bom. É mentolado? — perguntou o garoto.

— Isso — respondeu-lhe o homem num misto de surpresa e indignação.

— Hum. É bom — sugando e expelindo o tabaco outra vez. — O que é mesmo? A marca?

— ... não volta sem ninguém... (♪)

O homem ergueu a carteira de cigarros diante os olhos do garoto.

— Ah, sim, Dunhill. É uma boa marca, sem dúvidas. Sim. Mas eu ainda prefiro o Lucky Strike. Conhece?

— É, pode ser...

— Recomendo — dando um tapinha no ombro do homem, como se fossem eles camaradas de longa data.

— ... pronta pro toma... (♪)

O homem mais uma vez ficou sem palavras e sem reações diante das palavras e atitudes daquele garoto. Um novo silêncio se instaurou entre ambos, quebrado apenas pela curiosidade despertada no homem em relação ao gosto excêntrico do menino:

— Mas... de onde vem o gosto? — lançou-lhe a pergunta.

Como o garoto o olhasse com uma fisionomia de que não havia entendido o sentido exato da pergunta, acrescentou:

— O cigarro... como surgiu o gosto? Deve ter experimentado outras vezes e... entende o que quero dizer?!

— Ah, sim. O cigarro... — respirou profundamente antes de explanar a história de como desenvolvera o seu gosto pelo cigarro. — Desde pequeninho minha mãe fica o dia inteiro fora de casa trabalhando, entende? Aí, quando eu tinha nove, dez anos, até essa idade mais ou menos ela não deixava eu sair por aí brincar... Aí eu perguntava pra ela: 'Mas mãe, o que eu vou fazer só em casa então?' Aí ela me respondia: 'Tu pode ficar assistindo tevê, vou deixar sempre alguma coisa pra você comer. De tarde você vai na escola' (naquela época eu ia de tarde na escola, agora é de manhã, entendeu?). 'Tem almoço lá, não tem? Tem. Até a janta eu volto. Quando você vem da escola, já toma teu banho, fica pronto, se tem algum tema, pega e faz, e depois assiste mais um pouco de tevê. Nem vai ver o tempo passar!'. E ela tinha razão mesmo! No começo era bem ruim, muito ruim: eu estranhava bastante, me sentia bastante sozinho também. Mas depois fui acostumando, acostumando... até que não estranhei mais e gostava daquilo ali, ficando quase o dia inteiro ali...

— E teu pai? — perguntou o homem.

— Não conheço muito bem. Ele foi embora quando eu era bebê, pelo que dizem. Até veio uma ou outra vez, apareceu por aqui, mas faz tanto tempo que nem me lembro de nada dele, entende? Ouvi uma tia minha, irmã da minha mãe, ela tava conversando com minha vó, mãe da minha mãe, entende?, ouvi ela dizer, elas não viram que eu tava por perto escutando, entende?, ela disse que ele já tinha arrumado outra família e que também já tinha largado dessa família e não sei mais o quê...

— Tua mãe se vira sozinha então?

— É... Ele manda um dinheiro... da pensão, entende? Sei que teve uma vez, já faz muito tempo, que ele até acabou preso porque não pagou, acho que esqueceu...?... É, esqueceu de pagar a pensão, e daí foi uma confusão, entende? Ele apareceu por aqui – uma das vezes que ele apareceu, foram poucas, bem poucas. Aí minha mãe e ele discutiram feio... saíram no tapa. Ele disse que ia matar ela, e ela disse que ia mandar ele pra cadeia de novo... Não me lembro direito... Sei que teve polícia, um monte de gente na nossa casa e... acho que minha mãe ficou bastante machucada... Foi a última vez que eu lembro de ter visto ele... É, foi a última.

— Hei, vai ficar aí ensebando? Vem aqui ver uma coisa! — ouviu-se um grito vindo da quadra.

A caixa de som enveredou por um ritmo mais gingado agora.
— ... imagina a gente... (♪)
Soou por um período curto de tempo, ao que foi silenciada pelo dono. Ouviu-se uma das ilustres senhoras comentar em alta voz:
— Minha nossa, se isso é música! Onde vai dar essa criançada de hoje em dia?!
— É mesmo!
— Não se tem um pingo de vergonha.
— Barulheira.
As senhoras, tomadas da mais legítima indignação, voltaram seus rostos e concentrações indignadas às telas dos celulares, os quais haviam deixado para tecer seus comentários indignatórios.
Na quadra, os garotos se espremeram ao redor do dono da caixa de som, que segurava com ambas as mãos um celular na horizontal. Pelo aspecto comum dos rostos, pareciam todos hipnotizados pelo conteúdo que assistiam à tela.
— Já vou — gritou de volta o garoto sentado ao lado do homem.
— Uhulll, que belezinha, hein!
— Hahaha.
— Nossa, hein.
— Mas, como eu ia dizendo... Assistia bastante tevê então. Aí eu viciei, não lembro bem certo quando comecei com isso, mas, enfim... Comecei a assistir aqueles filmes do tipo de gângster, entende? O cara tinha só carrão: Lamborghini, Ferrari e Porsche. Só mulherão, saía só com mulherão, entende? Ele ficava o tempo todo sentado num sofá bem grande, grande mesmo!, estendia os braços por cima, ficava fumando aqueles charutos importados, sabe... cubano e tal... sabe? Aí ele mandava: 'Ó fulano, faz isso aqui!' 'Você aí fulano, vai dirigir hoje'. 'Você fica responsável por colocar o explosivo na porta'. 'Você tem que render o guarda, entendeu?! Render o guarda, senão já sabe!...'. E assim vai... Só mandando. Ninguém podia com ele, lá sentado naquele sofazão, fumando um charutão importado com um monte daqueles mulherão ao redor dele... Isso que é vida, entende? Isso é vida, cara!
— Sei, entendo.
— Quando eu tiver a minha Lamborghini, vou te levar dar uma volta por aí, beleza, tio?
— Tranquilo.
— Ah, mas tem que ser no banco de trás. No do carona vou levar sempre um mulherão daqueles, DA-QUE-LES, entende, né?!

— Perfeitamente.

— Combinado. Vamo tocar o terror, tocar o terror! Entende?

— Claro.

— É pra hoje! — repetiu-se a mesma voz vinda da quadra, exigindo a presença do garoto.

— Sim, tô indo, animal. Tô indo! — gritou de volta o goleiro.

Levantou-se do banco e tomou a direção da quadra. Andou não mais de cinco passos, virando-se para o homem:

— Hei, tio...

— Sim?

— Valeu pelo cigarro!

O homem assentiu com um meneio de cabeça, querendo expressar um "de nada".

O garoto retomou seu rumo. Deu mais dois ou três passos; estagnou outra vez, virando-se novamente para o homem sentado no banco.

— Hei, tio, tu me parece meio conhecido...

O homem nada respondeu, contentando-se em fazer uma expressão de dúvida no rosto aliado à palma da mão estendida para cima, como se estivesse se isentando da identidade que o garoto procurava lhe conferir.

— É, parece... Tu é um cara legal — asseverou o garoto, dando de costas para o homem e juntando-se aos companheiros.

"Não, menino, um homem morto, um homem perdido".

— Olha só, que beleza... Vocês são tudo uns safados! Haha! Safados! Agora minha netinha pode falar comigo direto. Acho que aprendeu a mandar mensagem antes de engatinhar — comentou com alegria uma das ilustres senhoras.

— Quantos anos ela tem agora, comadre?

— Minha nossa, olha só, olha só, cara, olha o que ela tá fazendo!

— Três aninhos. Tá com três — respondeu a avó.

— Que maravilha! — comentou uma das ilustres senhoras.

— Maravilha! — comentou um dos garotos.

— Maravilha! — as senhoras.

— Maravilha! — os garotos.

— Ó, ó, escutem... escutem — retirando o aparelho que havia grudado ao pé do ouvido para que as demais senhoras do grupo pudessem ouvir os áudios da netinha.

— Escutem como ela faz, escutem... é uma sa...

— Tem um vídeo também, tem sim. Olhem aqui, olhem!

— Minha nossa, isso é de verdade mesmo? Como conseguiu isso? — questionou o menininho dos cachinhos louros em sua inocência.

— Uma dancinha. Sim, ela manda pra vó.

— Meu, como você é burro! — respondeu o dono da caixa de som e do celular. — É só você fazer um perfil, é de graça. É só ter um celular!

— Uma coisa de nadinha, de nadinha... Inocente. Olhem só, que figurinha!

— Mas é a uma mulher de verdade mesmo isso aí? — perguntou o menininho, desconfiado de que os amigos tentavam talvez lhe pregar uma peça.

— Claro, é, idiota.

— Tá na moda! — respondeu um dos garotos.

— Tá na moda! — disse a avó.

— Mas é verdade, uma figurinha!

— Calma, ele não conhece uma de verdade! — observou o goleiro, dando ensejo a que todos caíssem na gargalhada.

— Verdade! — as senhoras. — Verdade! – os garotos.

O menininho dos cachinhos louros abriu caminho entre os amigos, antes um tanto afastado devido a certo receio em relação àquilo que assistia o grupo, grudando os olhos na tela do celular. Ficou algum tempo com o olhar fixo e aturdido, parecendo estar repleto de espanto diante da descoberta. Porém, após alguns minutos de pasmo, fora se acostumando à cena que assistia, e, por fim, pôde-se ver aflorar em seu rostinho infantil uma expressão de satisfação enquanto em seus olhos se acendiam como que chamas de um fogo-fátuo, como se então começasse a compreender o que os demais amigos já compreendiam sobre aquilo.

— Nossa! — comentou o bando — Que mulherão!

— Essa promete! — comentou a avó com o bando.

"Um novo escravo se faz para o bando". Ergueu-se do banco, retornando ao passeio.

VII.
Na "Igrejinha"

Provérbios 19:5
Mateus 26:41

Dobrou, na primeira esquina à direita. Andou por mais de cem metros em linha reta; dobrou à direita outra vez, saindo em uma rua larga onde o calçamento terminava para dar lugar ao asfalto. Moradias se perfilavam, intercaladas, por vezes, por alguns terrenos baldios. Antes que se chegasse à esquina do quarteirão, onde uma encruzilhada se abria, à esquerda da rua via-se um edifício de alvenaria abandonado – sua fachada se estendia por vários metros ao longo da calçada decrépita. Do lado oposto, encarando-o, um prediozinho misto de madeira e alvenaria, com o telhado em cupiá, revestido por telhas encarquilhadas pela ação das chuvas e do sol frequentes. Num letreiro grande de lataria, fixado a um dos pilares da varanda que rodeava toda a extensão da faixada do prediozinho, lia-se: "A Igrejinha".

Em ambas as extremidades da varanda se abriam escadinhas de concreto revestidas por lajotas encardidas e trincadas que lhe davam acesso. Ao longo de toda sua extensão, espalhavam-se, entre pequenos intervalos, mesas e cadeiras de plástico em que a clientela costumeiramente recreava, bebendo e proseando. A escadinha da extremidade esquerda da varanda, no sentido de quem a acessava da calçada, alinhava-se com perfeição ao enquadramento de uma porta de madeira estreita, sempre escancarada nos horários de atendimento, pela qual se alcançava o interior do estabelecimento. Impedindo a passagem dos transeuntes, um homem careca, de pele queimada pelo sol, de estatura mediana, a barba feita recentemente às pressas, o que se podia notar dos cortes da navalha que cruzavam seu rosto e seu pescoço em diferentes sentidos em diferentes lugares, e que não deveria contar mais de cinquenta anos, sentava-se nos degraus daquela escadinha, tendo ao seu lado, também sentada, uma mulher, no mínimo vinte anos mais jovem do que ele. Era muita magra, tinha os cabelos muito negros e a pele amarelenta.

"Essas cadeiras servem para quê, afinal? Para quê? Coisa inconveniente. Coisa. Que coisa!"

Subiu os degraus da escadinha da extremidade direita, evitando o inconveniente – ao menos para ele o parecia inconveniente – de ter de pedir licença à dupla, cruzando toda a extensão da varanda, desviando-se das mesas e das cadeiras, àquela hora inabitadas, e chegando à porta de entrada para o recinto interno do estabelecimento. Passou pelas costas do homem e da mulher sentados na escadinha, que pareceram não perceber sua presença.

Entrou em uma sala ampla, porém, mal iluminada e mal arejada, dentro da qual, percebia-se logo ao adentrá-la, espalhava-se pelo ar um sufocante cheiro de mofo misturado a outro odor de alguma coisa indefinida – ácido e nauseabundo. Uma linha de balcões envidraçados cruzava de fora a fora o interior da ampla sala. Dentro deles encontravam-se os mais variados artigos: frituras em bandejas, como pastéis, enroladinhos e bolinhos; bolachas, chicletes, pirulitos, salgadinhos etc.; carteiras de cigarros; produtos de limpeza; colas, canetas, lápis, borrachas, e outros materiais de uso escolar.

Por detrás desta linha, outra se estendia, espelhando a primeira, que a defrontava, formada por prateleiras de grossas tábuas que se fixavam à parede de madeira por costaneiras de alumínio. Sobre estas, aparentemente sem distinção, haviam-se empilhado sacos de farinha, feijão, arroz, açúcar, além de engradados de cerveja e outras tantas espécies de artigos. Debaixo das prateleiras, formando uma linha menor do que as outras, três congeladores se alinhavam. Uma espessa camada de poeira, perceptível até mesmo para os olhos e para a atenção mais distraída, recobria tudo, até mesmo o piso do recinto.

— É verdade! Mas depois daquilo não se ouviu mais falar em nada... Pelo menos eu não ouvi falar em nada.

— Não. Eu também não.

— Mas é certo que...

Por detrás da linha dos balcões, rente à porta de entrada, de frente a uma caixa registradora, uma senhora gorda, de cabelos curtos e grisalhos, profundas olheiras sob o os olhos e rugas cavadas na testa e nas bochechas, sentava-se num banquinho alto e estreito para seu tamanho e peso. Tinha uma fisionomia muito severa, dir-se-ia que até mal-humorada, suspirando de raiva como um touro que persegue a bandeira que o toureiro agita em frente aos seus olhos. Levantou a cabeça quando notou a presença de um cliente que adentrava o bar, observando-o de cima a baixo. Ficou o encarando por alguns segundos. Pequenas veias vermelhas ressaltaram nas pupilas de seus olhos de um azul muito claro, dando a impressão de que algo, provavelmente a presença daquele homem estranho e de péssima aparência, a contrariava.

À direita da proprietária, na parede lateral do edifício que costeava o braço da encruzilhada que deslizava num leve declive perpendicularmente, achava-se uma porta, pela qual, no final daquela ruazinha sem saída, sucedendo meia dúzia de casas, via-se uma igreja desfraldando sua porção de cruzes sobre o telhado de um campanário.

À esquerda de onde a proprietária ficava sentada, dois rapazes, ainda muito jovens, na casa dos vinte e poucos anos, quando muito, estavam ao redor de uma mesa de bilhar, segurando cada um em uma de suas respectivas mãos um taco. Estavam tão concentrados na partida que, se no lugar daquele homem sinistro tivesse ali adentrado um hipopótamo, caminhando este sobre apenas duas patas, e tivesse ele o dom da fala, nem assim se atentariam para o caso. Na verdade, exceto por algumas raras recriminações que proferiam cada um a si próprio conforme uma jogada mal-sucedida que realizavam, nem mesmo se ouviam palavras entre eles.

— Sim? — dirigiu-se a proprietária ao homem, com cara de poucos amigos.

— Uma caninha, faz favor.

— Não me lembro do senhor. É daqui? — perguntou a dona do bar, intrigada sobre a identidade daquele homem estranho.

— É... sou. Moro logo ali, seguindo o asfalto...

— Onde? Pertencente à Vila ainda?

— Não, senhora.

— Hum. Santo Antônio?

— Isso.

— Hum. É você o professor? — questionou-o a velha com um olhar de surpresa.

— Sim, sou eu — respondeu o professor constrangido.

— Ah, não reconheci o senhor de primeira vista. Me desculpa. O senhor tá... tá um pouco... — não teve coragem de completar a frase, da qual ficou evidente o sentido implícito pelo sorrisinho que se delineou em seus lábios.

— Tudo bem, acontece. A caninha, pode ser?

— Claro, professor. Só, o senhor vai me desculpar, o meu joelho... está rengueando de novo, não consigo me movimentar direito. Sabe como é, a idade chega pra todo mundo... Um dia vai chegar pra o senhor também, professor.

"Não, não irá chegar".

— Tô pedindo pra o pessoal, é só alguns dias isso, já tenho consulta marcada, logo isso vai passando e eu tô melhor já, pra o pessoal indo se servir o que quiser por aí, tá bom? A 51, é a 51, né?! Está ali, ó, naquela prateleira ali no alto, atrás do vidro... Viu? Isso... Não, não, volta um pouco, por cima do congelador, aí. Isso aí. Pega aí. Tem um copinho aí em cima do balcão. Só pegar de cima do pano de prato aí. Pode ir servindo a dose que o senhor quiser, não tem problema pra o senhor, é conhecido...

— Vou ficar com a garrafa — comunicou à velha.

— Tá bem, tá bem.

Deu de costas para a dona do estabelecimento; ultrapassou a soleira da porta, saindo para a varanda. Um foguete ouviu-se rebentar em algum lugar das redondezas.

— ... Isso é por causa do meu aniversário amanhã — comentou a mulher magra e amarelenta ao seu companheiro de escada.

— Aaah, tu tá se achando, teu aniversário amanhã — desflorou o homem numa gargalhada.

— Ó careca, vou logo te dizendo uma coisa: amanhã é um dia só meu...

Procurou por uma cadeira e uma mesa longe daquele casal. Sentou-se para além da metade da extensão da varanda. Rompeu o lacre da garrafa, encheu o copinho até a borda, virando-o de uma só vez entre os lábios.

"Ah! Forte! Mas é assim, é preciso ser forte agora, para aquilo... É preciso ser forte, criar coragem para A-QUI-LO. Não posso mais voltar, não posso mais voltar atrás, não posso e nem devo. Não devo, de jeito nenhum!"

— O que você quer, querida, o quê? — ouviu-se o homem perguntar à parceira. Por mais que houvesse se sentado com relativa distância dos dois, falavam tão alto e com tanta indiscrição que nem mesmo se ele se sentasse do outro lado da rua deixaria de ouvi-los.

— Pra mim pode ser o de sempre.
— Tá. Pode deixar.

O homem careca levantou-se das escadinhas, pulou do primeiro degrau, ignorando o segundo e o terceiro, direto ao piso da varanda, adentrando o recinto do bar.

A mulherzinha virou o rosto para o homem sinistro sentado sozinho em uma cadeira, na varanda, diante de uma mesa sobre a qual repousava uma garrafa de cachaça e um copinho. Encarou-lhe com certa curiosidade. O homem notou estar sendo vigiado; primeiro, encarou de volta a mulherzinha; depois, desviou o olhar e, contrariando a própria vontade, voltou a olhá-la com os cantos dos olhos. Como se fosse travar um jogo misterioso entre eles, a mulher sorriu, sustentando o olhar para a rua, contorcendo os lábios que se fecharam em um biquinho enquanto estendia as pernas, vestidas por uma bermudinha muito curta, que cobria no máximo a metade das coxas, eretas para frente.

— Tá aqui, querida. — Voltara o companheiro da mulherzinha, que lhe alcançava uma lata de cerveja com a mão direita, enquanto, na esquerda, sustinha uma segunda lata.

— Isso, querido — sorriu para o amigo e, depois, dirigiu rapidamente o olhar ao homem sentado na varanda.

— Abre pra mim, querido?
— Claro, claro.

"Como ela pode? Não se contenta com a companhia de um só? Não? Não se toca, não? Que tipo, que tipinho!"

— Gelada?
— É, mais ou menos.
— Também... ela não consegue... — Ia se referir o homem careca ao estado da velha, a dona do bar quando se ateve do fato de que ela certamente ouviria seu comentário maldoso. Interrompeu a frase pela metade, instigando a conversa para outro rumo.

— E como vai o movimento?
— Não se pode se queixar, não. Pra esse tipo de coisa sempre tem cliente — respondeu a mulherzinha com um sorriso de todo malicioso na face.

— É, minha filha, sempre — estourou o homem careca numa gargalhada sonora.

— Pega aqui quantas fichas vocês vão querer usar aqui comigo no caixa. Fica mais fácil...

— Não. Só vamos terminar essa partida aqui — um dos rapazes conversando com a proprietária, lá dentro.

Sentiu vontade de fumar. Sacou a carteira de cigarros do bolso, abrindo-a. Havia restado apenas um cigarro. "Quem diria que ia fazer falta aquele que dei para o garoto?!...". Notou que, ao tirar a carteira de cigarros do bolso, havia se esquecido de trazer qualquer dinheiro consigo. "E agora? Agora...? Não, tudo bem: ela me conhece, conhece minha família... Está tudo bem; tudo em casa. Passo outro dia aqui e... Outro dia? Como 'outro dia'?! Não, não. Não haverá outro dia nem outros dias. Para mim, não. De qualquer forma, ela não vai se importar de perder alguns trocadinhos, não vai!... Pelo menos não depois que a notícia chegar aos ouvidos dela. Não. Não vai. Não mesmo". Levantou-se da cadeira, indo na direção da porta, na intenção de comprar uma nova carteira. Enquanto perfazia o caminho, colocou aquele último cigarro na boca, tentando acendê-lo com a chama do isqueiro. No exato momento em que passava por detrás do casal sentado nas escadinhas, um vento soprou sobre a chama do isqueiro, queimando os dedos do homem que, na reação repentina à dor, soltou-o; estatelou-se no chão da varanda, repicando uma e outras vezes, parando, imóvel, finalmente, ao lado de um dos pés da mulherzinha, sobre o primeiro degrau da escada. Ela reclinou a coluna em direção ao isqueiro, movimento que fez os ossos de suas espáduas ressaltarem por debaixo da pele borrachuda, e, esticando uma das mãos, recolheu o objeto, oferecendo-o de volta ao dono.

O dono – agora muito próximo do casal –, quando o isqueiro paralisara junto ao pé da mulherzinha, não pôde evitar reparar, subindo do tornozelo pela panturrilha da perna até alcançar a altura do joelho, a tatuagem de uma enorme serpente em tons carmesins, ao redor da qual havia uma coroa de flores lhe circundando todo o corpo – as corolas das flores e outros detalhes a mais que a compunham haviam sido destacados em um dourado já meio empalidecido na pele da mulher pela falta de retoques. Ficara olhando-a fixamente, não percebendo que a mulher lhe estendia a mão em que retinha o isqueiro. Pareceu-lhe que a serpente ganhara vida: se contorcia, rebitava seu chocalho, emitindo um chiado agudo e penetrante, como se batesse uma pedra sobre outra pedra; e, de repente, deixou a perna daquela mulher, arrastando-se pelos degraus da escadinha, alcançando o piso da varanda, colocando-se diante dos pés dele, enrolando o corpo em volta de si mesma, levantando levemente a cabecinha de onde a língua bifurcada saltava e se escondia novamente dentro da boca em um agitar veloz e constante, até que, exibindo sua presa afiadíssima, num gesto de todo calculado, deu um bote na perna do homem.

— O isqueiro, amigo — ouviu a voz do homem careca.

— Tá tudo certo, querido? — perguntou-lhe a mulherzinha da tatuagem numa voz acariciante, vendo-lhe o semblante de todo pálido e com uma expressão de terror.

O homem olhou na direção de onde vinham as vozes. A palidez e a expressão de terror em seu rosto redobraram então.

— Não, pode ficar — balbuciou em resposta, quase se fazendo inaudível. Virou, num gesto abrupto, de costas para o casal, adentrando o recinto do bar em passos rápidos que denotavam desespero.

— Cara esquisito, hein — comentou a mulher da tatuagem com o amigo ao seu lado.

— É cada um que aparece aqui... Vou te contar! — disse o amigo em resposta ao comentário da mulher.

Dentro do recinto, a cinco metros de onde a dona do bar permanecia congelada como uma estátua, viu uma mesa vazia, na qual se instalou, ficando de frente à velha. À direita, tinha a mesa de bilhar e os jovens que a essa altura finalizam a última partida. À esquerda, através da porta lateral do edifício escancarada, podia ver com nitidez, ao final da ruazinha, a igreja e seu campanário.

"A garrafa. A garrafa, porcaria!"

A última coisa que tinha vontade de fazer era se deparar de novo com aquela mulher decrépita que tanto lhe causava asco e que tanto lhe feria os escrúpulos. Não poderia atravessar toda a varanda sem lhe dirigir impropério, sem que apelasse para uma loucura. "Não, não consigo".

Aguardou um momento, pensando em como poderia resolver a situação. Nesse instante, para sua sorte, os jovens ao lado findaram a partida de sinuca; tomavam a direção da saída. "Aí está."

— Hei, amigo — chamou pelo jovem que aparentava um perfil mais propenso à interação.

— Opa, fala.

— Se não for pedir muito... Você vai lá fora, certo? Se não for pedir muito, consegue trazer para mim uma garrafa que ficou em cima da mesa, ali fora, na varanda?

O jovem alto e magro olhou-o por um momento sem nada dizer, talvez se questionando por qual razão não fosse aquele folgado ele mesmo buscar a própria garrafa que havia deixado lá fora. Mas, talvez, imaginando tratar-se de um bêbado delinquente, com quem não valeria a pena perder palavra ou arrumar confusão, assentiu com a cabeça, indo à varanda e retornando de lá com a garrafa de cachaça. Depositou-a sobre a mesa do homem que a havia solicitado.

— Tá aí.

— Obrigado, meu amigo. Fico te devendo essa.

— Tranquilo — respondeu o jovem, deixando o bar na companhia do parceiro de sinuca.

— Se aproveitando da minha situação, professor? — falou a velha de trás do balcão.

— Não, senhora. Só um favor... Já estava de pé...

— Certo, professor, certo.

— Um novo estrondo de foguete explodindo no céu se fez ouvir.

— Uuuuia!, hoje tem.

— Mas já começaram hoje! Faltam quantos dias ainda? — questionou o homem careca, lá fora.

— Tu tá assim tão perdido antes de começar o festerê, meu amigo? — disse a mulher, zombando do amigo.

— É... Falando nisso: vai passar por onde a virada?

— Ah, nem sei. A mãe lá embaixo vai se matar desse jeito. Tu vai ver: vão se matar desse jeito.

— Ainda com aqueles problema lá, ainda?!

— Não tem jeito, não, meu amigo, não tem.

— É complicado. É.

Abriu a tampa da garrafa outra vez, enchendo o copinho. Bebeu novamente de um gole só, subindo-lhe do estômago à garganta a sensação de que lhe haviam acendido uma fogueira nas entranhas.

"Picado, picado... por aquela víbora. Picado".

Prostrou-se por debaixo da mesa, levantou a barra da calça acreditando encontrar em algum ponto do tornozelo, que nessa altura latejava muito, causando-lhe grande desconforto, um sinal de onde a cobra o havia picado. "Nada, nada. Onde então? Pela bota é impossível, não tem como. Onde então? Onde?".

Lá fora, o ronco de um motor se fez ouvir, aproximando-se do estabelecimento. Pela janela, escancarada, pôde ver um caminhãozinho com a boleia azul, a lataria um pouco enferrujada e amassada em algumas partes; a carroceria era toda cercada por um ripado de madeira, dentro da qual partiam mugidos de um pequeno *angus* recém-desmamado.

Do interior da boleia, com certa dificuldade devido à massa volumosa de seu corpo, desceu um homem enorme, de quase dois metros de altura, de uma barriga tão protuberante que se via obrigado a deixar os botões inferiores da camisa que vestia abertos. Os cabelos e a barba por fazer eram de todo grisalhos. Na cavidade do olho direito, levava um olho de vidro, já que havia perdido o natural há muitos anos, em um acidente doméstico (ao menos era o que costumava contar do caso). Tinha o aspecto de passar longe dos sessenta anos de idade. Entre os lábios, suspendia um cigarro. Deixou o veículo, aproximando-se da escadinha onde permaneciam sentados o homem careca e a mulherzinha da tatuagem.

— Ó, ó, ó, o Tonho, Tonho, tu por aqui, Tonho, não levanta teu acampamento daqui, meu guri? — saudou com contagiosa alegria o homem careca.

— Não, não, não. Tem lugar melhor pra um trespassense se enfiar, tem?! — disse Tonho em resposta ao homem gigante.

— Pra trespassenses como nós, meu caro, com certeza não — sorriu o velho largamente, como o fazia quase que ao pronunciar cada uma de suas frases. Tinha uma acentuação e uma cadência na voz típicas dos bêbados, que, por isso, tornando-se-lhes uma característica intrínseca ao vício, passa a ser impossível lhes atestar quando estão sob efeito da bebida ou sãos.

E prosseguiu:

— E essa belezura aqui, hein, há? — referindo-se à mulherzinha. Inclinou o seu tronco pesado, pegou em uma das mãos da mulher, levando-a aos lábios e estralando nela um beijo. — Ó, Tonho, não vai se ofender não, meu guri, não vai, né?! Mas é assim que se tratam as damas... hahaha.

— Tá por nascer homem que seja meu dono, meu amigo — advertiu com severidade e convicção a dama.

— Ó, ó, essa é fogo, hein, Tonhão. Que cê acha, é, não é? É fogo! — aludiu o velho.

— É fogo. FOGO! — disse Tonho, estralando os dedos como para representar o quanto era "fogo" aquela mulher.

— Tá certo. Vocês se comportem aí, tá bem? Vou ver alguma coisa pra molhar o bico que tá seco — disse o velho, abrindo espaço entre os dois. Apoiando-se num dos joelhos da mulher, galgou os degraus da escadinha.

— *Hey, gnädige Frau. Hier ist alles in Ordnung?*²³ — adentrando o velho o recinto do bar.

— *Guten Tag mein Freund. Alles, alles, ja, Gott sei Dank. Und wie geht es dir?*²⁴ — retribuiu a gentileza a dona do bar.

— *Erst nachdem du mir das Bier zu trinken gebracht hast, weißt du? Wirklich eiskaltder!*²⁵

— *Alles in Ordnung, mein Freund. Ich muss Sie einfach bitten, sich heute selbst zu bedienen. Die Knie, die Knie machen mir wieder zu schaffen*²⁶ — queixou-se a proprietária.

— *Kein Problem, Chef, alles ist in Ordnung*²⁷.

Quando trotava em direção a um dos congeladores para servir-se da cerveja, descortinou a presença de um homem de aparência não de todo desconhecida para ele, já que o semblante muito modificado impunha certa dificuldade ao velho reconhecê-lo. Parou diante da mesa, analisando o homem. Após um minuto, afastou-se da mesa; foi até um dos congeladores, retirando uma garrafa de cerveja; achegou-se ao balcão onde os copos pairavam sobre o pano de prato, pegando um deles para si. Voltou a se aproximar da mesa diante da qual estava o homem.

— Professor? — lançou a pergunta ao homem com grande titubeação na voz.

— É você, professor?! — refez a pergunta numa tonalidade firme que denotava não esperar por uma resposta, tendo ele a certeza da identidade do homem que agora reconhecia.

— Sim — confirmou o homem, visivelmente envergonhado.

— Se perdeu por aqui? Tá perdido, professor? — perguntou, empregando um teor de zombaria nas palavras e nas expressões do rosto.

— Não, senhor. Não estou.

— Muito bem. Posso me sentar aqui com o senhor, professor? Não é todo dia que temos a oportunidade de receber um homem da fineza do senhor por aqui. *Nicht wahr, Chef?*²⁸

---

23 *Hei, minha senhora. Tudo certo por aqui?*
24 *Boa tarde, meu amigo. Tudo, tudo, sim, graças a Deus. E contigo, como vão as coisas?*
25 *Só depois que a senhora me arrumar aquela cervejinha trincando, sabe? Trincando mesmo!*
26 *Tudo bem, meu amigo. Só vou ter que pedir pra você se servir você mesmo, hoje. Os joelhos, os joelhos me incomodando de novo.*
27 *Sem problemas, patroa, tudo certo.*
28 *Não é mesmo, patroa?*

A dona do bar balançou a cabeça num gesto de assentimento.

— Tudo bem, seu Richter.

— Não, não. Sem essas formalidades. Não entre nós... amigos. Somos amigos, não somos? Eu pelo menos sempre considerei assim...

— Claro — vira-se induzido a confirmar o laço de amizade entre eles. "Amigos, amigos do cão, velho bêbado!"

— O que andou fazendo na mão, professor?

— Ah, a mão? Nada, nada... Só um cortezinho, só isso.

— Certo. Tome cuidado na lida, meu amigo! — advertiu-lhe o velho.

O senhor Richter era um proprietário de terras e criador de gado respeitado naquela região devido ao sucesso de seus empreendimentos. Ou, mais exatamente, devido ao fato, o que sempre era motivo de grande reconhecimento pela gente local, de haver começado a vida do nada, construindo todo o seu patrimônio à força do próprio braço e à custa do próprio suor, somado, é inegável, à prudência urgente dos filhos que – apesar de o velho ter ganhado somas consideráveis com seus negócios, desperdiçava boa parte no jogo, em mulheres e bares – interferindo nos negócios do pai, não permitiram que o velho tivesse arruinado todo aquele patrimônio pelo qual labutara uma vida inteira. A esposa nunca tivera a firmeza de pulso necessária para controlar o gênio dissipador do marido, contentando-se em cuidar dos afazeres da casa e da propriedade. De fato, ao que se sabia e muito se comentava, os filhos haviam elaborado um jeito de afastar o pai da administração tanto dos plantios quanto dos animais, transferindo-lhe mensalmente uma parcela dos lucros e permitindo-lhe ocupar-se em pequenas e secundárias atividades, como, por exemplo, a criação de novilhos recém-desmamados para venda. Se houvera resistência da parte do velho no princípio, acabara cedendo aos filhos, não por reconhecer-se incapaz de gerir os próprios empreendimentos, mas porque lhe sobrava agora quase todo o tempo livre para gastá-lo na vida de dissipação a que se entregara deveras nos últimos anos. Vivia, é apropriado dizer, mais nos bares do que na própria casa.

— Só Pedro. Tá bom assim — fazendo a observação de como gostaria que o amigo lhe chamasse. Abriu a tampinha de alumínio da garrafa, fazendo-a deslizar com força pela borda da mesa. Encheu o copo, bebendo o líquido de um trago só. Voltou a encher o copo.

— Ah, não via a hora. Não via — referindo-se à cerveja e à sede, agora saciada.

— E você, professor... Na caninha já, essa hora, é?!

"Maldito. Um sujo falando de um mal lavado. Um sujo, um maldito".

Hesitou ao dar alguma resposta ao velho. Depois de algum tempo, enrolando-se com algumas palavras, como se estivesse confuso sobre aquilo que dizia, tentou elaborar uma frase, baixando a cabeça, com receio de encontrar aquele olhar avultado de cinismo do senhor Richter:

— Ca-da homem... cada um... ca... Cada homem...

Não conseguiu prosseguir no seu raciocínio, interrompendo a frase.

— Sim? — o encarava o velho com uma fisionomia cheia de curiosidade por aquilo que não conseguira transmitir o professor.

O professor, como para dar a si mesmo um impulso de coragem, bebeu outro copinho de cachaça de um gole só. Bateu o copinho na superfície da mesa, levantou a cabeça, encarando com fixidez o seu interlocutor.

— Cada homem é um mundo em si; por mais que se aproprie das coisas que existem e residem fora de si, nunca poderá chegar, apesar de todos os esforços, a ver-se livre de si mesmo. E isso é uma sina, meu a-mi-go — apresentou sua ideia, dessa vez sem vacilar.

— É, é, tem a sua razão, professor. Tem.

O velho pegou o copo, segurou-o à frente do rosto, aproximando-o do professor.

— Um brinde então, professor, ao que somos cada um. Um brinde. — Os copos se encontraram ressoando um fino estalido.

— *Gesundheit!*[29] — exclamou o velho.

— Então, professor — retomou a fala o senhor Richter, após bebericar a cerveja —, o senhor esteve fugindo de si mesmo então? — lançou a pergunta, retendo severidade no rosto. Como o professor demonstrara ter sido pego de surpresa pela questão, o velho emendou:

— Tudo bem, professor. É só brincadeira. Todos nós fugimos... Pode ter certeza disso, meu amigo.

O terneiro estrugiu um mugido, lá fora, na carroceria do caminhãozinho.

— Cala a boca aí, bichão. *Sei still!*[30] — gritou-lhe em resposta o velho.

---

29 *Saúde!*
30 *Fique quieto!*

Como se compreendesse o que o velho dissera, retribuiu os xingamentos com outro mugido, mais alto e mais prolongado agora.

— Muuuuu!

— Santo Deus! Esse bicho vai ficar incomodando o dia inteiro? Ô, Tonho, Tonho! Tonhão...? Tá surdo, homem?! Vem pra cá, rapaz!

Tonho adentrou o recinto, aproximando-se da mesa diante da qual os homens se sentavam.

— Seguinte: faz um favorzinho pra um velho, tá? Depois te pago uma...

— Se ele esquecer, eu não vou! — berrou a mulher da tatuagem, lá de fora.

— Tá certo, querida, você nunca esquece mesmo as cobranças! — gritou-lhe o senhor Richter, rindo sarcasticamente para os dois homens em sua presença.

— É o seguinte... A senhora tem uma bacia velha ou algo do tipo por aí? — virando-se para a dona do estabelecimento.

— Deve ter aqui do lado, na calçadinha.

— Dá uma olhada lá pra nós, Tonhão. Faz esse favor.

Tonho saiu pela porta lateral do edifício, regressando em menos de um minuto com um tonel de tinta vazio, cuja parte superior havia sido cortada.

— Ah, sim, isso vai servir — disse o velho ao ver o tonel. — Agora, Tonho, pega uma garrafa... Não, não vai adiantar. Pega um litrão logo, Tonho, um litrão, ali no congelador, faz favor.

Tonho retirou o litrão do congelador. Ia retornar à mesa quando o senhor Richter gritou-lhe:

— Dois, Tonhão, dois!

Tonho retirou outro litrão de dentro do congelador; colocou-os diante do velho, sobre a mesa, que posicionou o bico de um dos litrões contra a borda da superfície; no momento que iria forçá-lo contra a borda da mesa, na intenção de abrir a tampinha, reteve o gesto.

— *Hast du einen Öffner herumliegen*[31]*?* Quando vê estouramos essa porcaria aqui e vai ficar tudo uma lambuzeira danada.

A velha pegou um abridor ao lado da caixa registradora e atirou-o por cima do balcão ao senhor Richter. Este dominou-o com perfeição entre as palmas das mãos. Abriu as tampinhas dos litrões, virando-os dentro do tonel de tinta até que não sobrasse nenhuma gota nos frascos. Depois, dirigindo-se para Tonho, ordenou:

---

31 *A senhora tem um abridor de garrafas?*

— É só abrir a tramelinha do lado, não tem chave nem nada.
— Certo.

Tonho saiu para a varanda carregando o tonel de tinta contendo a cerveja despejada pelo velho. Tomou a direção da carroceria do caminhãozinho, descerrou a tramela, depositou a lata no assoalho, voltando a fechar a tramela. O terneiro fungou com o focinho dentro da lata e, após algum tempo, pôs-se a sugar o líquido. Tonho voltou a sentar-se ao lado da mulher, nos degraus da escadinha.

— Ixi! Agora, se a polícia parar a gente, nenhum dos dois pode assumir o volante — disse o velho com um ar de mofa.

— Sabe — reiniciou a conversa —, não há problemas... Não mesmo — apontando com a cabeça para a caninha do parceiro. — Só que tem que ter um certo cuidado... Dar uma variada. Entendeu? É isso: ninguém quer deixar a mulher viúva, tá cheio de urubu por aí, meu amigo! — e soltou outra de suas gargalhadas altivas.

Percebendo que o amigo não rira, corrigiu-se de imediato:

— Me desculpa, me desculpa! Não quis dizer isso! Não lembrei... É...

Realmente, o que era muito difícil de testemunhar, ficara sem jeito, enroscando-se nas palavras enquanto tentava a todo o custo achar uma justificativa para o absurdo que proferira.

— Tudo bem, não tem importância — retirou-o o professor da saia justa em que se havia enfiado o velho.

— O que aconteceu — mudou por completo o seu semblante, passando da zombaria habitual para o circunspecto — não foi culpa tua, meu amigo. Não foi culpa de ninguém o que aconteceu com a tua menininha... Depois, com a tua mulher, não foi! Quem poderia prever? E mesmo que se pudesse prever tal coisa, tais coisas, o que adiantaria? Nós não temos controle de nada, sobre nada. Entende?

O homem nada respondeu; baixou a cabeça, retendo o olhar nas lajotas do piso. Quando voltou a erguê-la, pôde observar o velho o osso do maxilar do homem comprimido pelo ranger dos dentes dentro da boca. "O que esse imundo pensa que é para mencioná-las? Ele não tem o direito, ele não, ele não!"

Um clima tenso se instaurou entre os dois. O professor fez um movimento de que iria se levantar da cadeira.

— Não, ainda é muito cedo, meu amigo. Calma lá! — disse o velho, impedindo que o homem deixasse a cadeira com uma das mãos pesadas que colocou sobre o peito do outro, esticando-se para frente.

— Me acompanha na cervejinha, que depois eu bebo um traguinho contigo, há? O que acha? Bem justo, né?! — tentando aliviar a tensão o senhor Richter.

— Sabe, seu Richter... — recordando de que não portava dinheiro consigo.

— Pedro, já disse, pra você é Pedro, professor.

— Certo. Seu Pedro, é que...

Ficara envergonhado de confessar ao velho que não havia dinheiro consigo, porquanto sua vergonha, ele sabia, não era tanto pelo fato de não possuir o dinheiro em mãos, "algo supérfluo"; porém, consistia na agravante de ter de pedir um favor para aquele homem pelo qual sentia verdadeiro desprezo.

— Pode dizer, meu filho.

Não vendo saída, obrigou-se a solicitar o favor do velho.

— Eu acabei saindo às pressas de casa e... sabe... acabei esquecendo a carteira...

— Ah, é isso?! Que bobagem se preocupar por causa disso, meu amigo! De qualquer forma, hoje é por minha conta! É sempre assim quando recebemos um novo membro, *nicht wahr, gnädige Frau*[32]?

A velha assentiu positivamente com um gesto da cabeça por detrás do balcão.

— E além do mais, se o nosso crédito estourar aqui... Eu tenho muito crédito aqui, não tenho, *Chef*?[33] Tenho sim... Se estourar nós deixamos aquele boizinho ali pra ela...

— *Wenn es geschlacht ist, kein Problem*[34] — disse a velha.

— Olha, meu amigo, pode beber o que você quiser, à vontade. É por minha conta!

— Obrigado.

— Não precisa agradecer, professor, não precisa. Amigos são pra essas coisas, não são? — reclinando-se para frente e dando um tapinha no ombro do outro.

---

32 *Não é, minha senhora?*
33 *Patroa?*
34 *Se for carneado, sem problema.*

— Pedro... Sabe, não seria muito in-te-res-san-te meu pai ficar sabendo que estive por aqui... — disse o professor sem terminar a colocação, confiando na sagacidade aguda do senhor Richter.

— Ah, entendo, perfeitamente. O que acontece aqui, morre aqui, meu filho — tranquilizou o amigo, piscando o olho esquerdo, aquele que lhe restava, enquanto enchia seu copo novamente.

— Ih, tenho que pegar outra. Vazia — após chacoalhar o bico da garrafa virada de ponta para baixo, respingando as últimas gotas.

— Tudo bem, eu pego para o senhor — disse o professor, indo até o congelador e trazendo de lá uma garrafa de cerveja cheia.

— Vou te dizer uma coisa... quanto a... quanto a isso aí... — fazendo alusão, claramente, ao pedido que fizera a ele o professor havia pouco — você sabe que eu respeito muito teu pai: por tudo o que ele já fez, por tudo o que ele representa, por tudo o que ele já fez por essa gente mal-agradecida, interesseira... Você sabe. Essa gente não merece nada, no fim das contas. NA-DA! Entendeu? Nada. Eu sinceramente não teria a mesma paciência, nunca! Receber tapinhas nas costas, pra depois, quando se virar, tomar uma punhalada... É assim, você sabe que é assim, meu amigo. Eu falo alguma mentira? Não, é certo que não. Sempre foi e sempre vai ser assim: você estende uma mão, e eles querem pegar o braço inteiro. Sempre. Ficar se humilhando e se rebaixando por um votinho aqui, outro ali... Não, para mim não. O que ele deve, deve alguma coisa pra essa gente? Não deve nada, isso eu te digo! Nada. Eu conheço teu pai há anos, há mais de quarenta anos, isso é... Qual é a tua idade agora, meu jovem?

— Trinta.

— Trinta aninhos! Puxa vida! Uma vida inteira pela frente ainda, meu jovem. Mas, enfim, retomando... Conheço ele muito antes de você nascer e, antes disso, conheci teu avô. Com os dois fiz vários negócios. Os negócios levaram a uma amizade... Eu pelo menos considero assim: uma amizade. O que eu quero dizer é, professor, é que - veja, não tô aqui cobrando nada dele, porque eu e nem ninguém teria esse direito, ninguém mesmo!, está me escutando?! Sim? Tá bem. Ninguém mesmo. Mas eu te pergunto, e posso fazer essa pergunta pra ele mesmo, sem problema nenhum, porque não há nenhum absurdo nisso, não há! Eu te pergunto: onde ele se enfiou nos últimos anos? Onde? Hã? Eu respondo por você, meu amigo, eu respondo: debaixo da saia da tua mãe, com todo respeito a ela, Deus me livre falar alguma coisa a respeito dela! Não é essa minha intenção, tá certo? Não é. Mas o que deve ser dito precisa ser dito, doa a quem doer, entendeu, meu amigo? Essa é uma lei da vida, não se pode escapar dela, ninguém pode, entende? Entende sim. Como um cachorrinho na coleira – e encenou com os dedos uma dona chamando pelo seu cachorro: 'Vem, pspspspsps, vem meu cachorrinho, vem'. E ele vai. Vai sim. É a vida, a vida normal dos homens de hoje. É sim, meu amigo. Ele definhou — referindo-se ao pai do professor. — É isso. Muitos dos que andam por aí só esqueceram de cair, meu amigo. Estão mortos, há muito tempo estão mortos. Pode ter certeza.

Fez uma parada; retirou a carteira de cigarros do bolso da camisa, junto ao seu peito estofado como o de um gorila. Abriu-a, escolhendo no interior do maço um dos cigarros. Levou-o à boca. Apalpou nos bolsos da calça, aparentemente não achando aquilo por que procurava.

— Tem fogo? — perguntou ao companheiro.

— Eu não fumo.

— Certo. Este cigarro em cima da mesa é de quem? E o cheiro? Andou se encostando no que por aí, meu amigo? — questionou-o o velho, exibindo um sorrisinho de maledicência no rosto.

O senhor Richter pediu um isqueiro à proprietária, que, prontamente, lançou-lhe um por cima do balcão.

— Vai um? — ofereceu um cigarro ao professor.

— Não, obrigado.

— Sabe... Os correligionários se reconhecem apenas pelo cheiro, a depender da natureza do vício... ou do apreço, melhor dizendo, haha. Ou daquilo em que acreditam, ainda... o que dá no mesmo! Toda crendice é um vício; todo vício é uma crendice. Entende? Assim é com tudo, com todos. Até mesmo, principalmente, na verdade, com os desesperados. Sabe... há homens que se apegam ao trágico da vida, e tem nisso motivo de felicidade, assim como a maioria das pessoas tem o motivo de felicidade na felicidade, óbvio. Aliás... não felicidade, não, não tá certo. Não tá, não. É um pouco difícil de achar palavra pra isso, entende? É muito difícil, na verdade. Mas não deixa de ser verdade: há homens que se apegam ao trágico da vida e têm nisso o sentido da própria vida. O quê? Acha absurdo, acha? Vai vendo, meu amigo, vai vendo...

Interrompeu-se para tragar o fumo do cigarro, que expeliu, em seguida, numa nuvem de fumaça pela boca. Sorrindo:

— É... eles se conhecem de imediato, os desesperados, tão logo colocam os olhos uns sobre os outros — terminou a elucubração arregalando muito o olho, como se com isso quisesse aludir a algo que o professor entenderia.

— Certo. — Olhou em torno como se o que falaria em seguida fosse de todo sigiloso, não podendo de modo algum ser escutado por terceiros. Certificando-se de que apenas a dona do bar estava perto o suficiente para ouvi-lo, a qual, nesse momento, atentava-se à tela de um celular sobre a qual deslizava o dedo indicador com força como se estivesse a catar feijão, separando os grãos saudáveis das sujeiras, e que, por isso, parecia ignorar por completo o que se passava ao seu redor, disse:

— A espada devora este hoje e aquele amanhã. O quê? Te surpreende, é, meu caro? Te surpreende. É, sim. Acha que eu não sei? Todo homem sabe alguma coisa sobre isso... sobre Deus, sobre a palavra de Deus. Sabe, teve um tempo atrás, já faz alguns anos pra ser mais exato, que eu, nós, aliás – somando à sua pessoa a da esposa, provavelmente –, nós passamos por um período muito difícil, entende? Empenhoramos uma boa quantia das terras, financiamentos, custos inesperados, financiamentos... e seguros de plantações etc. Aí nós realmente apertamos, nós nos apertamos. Não só isso... Bem, o senhor sabe como é um casamento, como é levar um casamento... Não preciso entrar em detalhes, certo? Não. Aí ela, a minha esposa, ela começou a frequentar, não sei bem como e a convite de quem, realmente nunca fiquei sabendo, mas isso também não importa!, ela foi pra a igreja, e levou um filho, depois outro, minha filha também, e, claro, eu fiquei meio assim... sabe? Não podia confiar nessa coisa de que 'entre aqui e todos os teus problemas estarão resolvidos', não mesmo, professor! Sem chance! Mas, depois de algum tempo, depois de muita insistência, e eu não vou negar isso, (acho que não se pode ter vergonha de confessar esse tipo de coisa com um amigo, certo? Não se tem segredos com amigos...) ... Eu estava numa depressão terrível, sabe como é? É, o senhor sabe sim. Talvez até melhor do que eu... Quanto tempo ficou de molho no manicomiozinho deles, quanto?

— Por algum tempo — respondeu o professor de forma seca, acusando ser-lhe um assunto demasiado espinhoso aquele. Realmente, nunca se sentia confortável para discuti-lo de forma aberta.

— Bem, não importa. Dias, meses ou anos... Não importa. Sabe... O que eles te deram? Xanax? Um venlafaxina? Lítio para a cabeça? O senhor sorriu? Não sorriu?! De que jeito?! Haha. Fluoxetina? Esse é o queridinho deles. Já se perguntou quanto ganham todos de porcentagem? Já? Meu amigo: um verdadeiro exército consome tudo isso, um exército de sonâmbulos. Quetiapina? 'Estabiliza o seu humor'. Clonazepam? O quê?! Isso derruba um cavalo, homem! Você quer se manter acordado e não consegue; quer dormir e se mantém acordado. Enxerga tudo sem nada ver; e vê o mundo como se estivesse fora dele. Você sabe, amigo, o senhor sabe o que eles fazem você se tornar... Você sabe. Não importa qual o seu problema, o que você sente ou não sente, se o seu nome é Pedro ou João, onde você mora ou mesmo se você tem onde morar... Não importa. Se um dos gatos da minha mulher acusar, num dia ruim pra ele, coitado, algum grau de tristeza, coitado: eles pegam ele também! 'O senhor gato tá depressivo, tem transtornos mentais e precisa de um acompanhamento especializado!'. Acompanhamento...?... Eu estava numa depressão terrível, como eu ia dizendo... Eu não sabia mais o que fazer, nem como fazer, eu não tinha mais visão pra nada e, bem, nada mais me interessava, eu não me importava mais com nada. Eu sei, eu sei, sei que é vergonhoso pra um homem admitir que se esteja numa situação tão deplorável assim a ponto de nem pensar mais nos filhos, se eles vão ter o que comer na mesa, se eles vão ficar com um teto de cima da cabeça... eu sei, eu sei. Mas o que se pode fazer nesse tipo de caso, o quê? Um homem nessa situação já não é um homem, meu amigo, não é mesmo, longe disso, muito longe. Um homem pode lutar contra qualquer coisa, praticamente. Um homem pode lutar contra aquilo que ele vê. Mas quando ele se vê obrigado a lutar contra a própria mente e tudo o que de mais obscuro e de mais louco se passa dentro dela... É uma coisa que ele não vê, que ele não toca, entende? Nem um momento de descanso... Não há um momento de descanso porque aquilo fica dentro dele, fica dentro dele martelando a cabeça dele, sem folga, com ele, fica com ele aonde quer que ele vá, independente do que ele faça ou não faça em relação a isso. Como se pode aguentar uma coisa dessas? Como pode? Eu te pergunto, meu amigo! Como se pode então superar algo assim? Como? E, se é dentro dele, como alguém pode dizer o contrário? Há?! É... talvez seja sempre mais fácil e mais inteligente não pensar nisso tudo...

    Seu olhar se tornou sombrio, e na sua face, por um milésimo de segundo, surgiu uma expressão genuína que correspondia à autopiedade. Porém, tão logo percebeu-se vulnerável, secou a cerveja do copo, enchendo-o novamente, logo em seguida; forçou um sorriso entre os lábios:

    — Aí eu comecei a frequentar também. Foi antes da tua mulher e... — calculando o efeito que a menção a este fato poderia ter no outro — bem, o senhor sabe... Antes do senhor... entende? É, é. Fui por um bom tempo, fui. Até que me reanimou, me deu uma sobrevida, entende? Mas, depois, depois... Eu não sei, eu não sei — tomava cuidado na escolha de cada palavra, como se o que dissesse a partir de então pudesse comprometê-lo de alguma forma irreversível.

— É um caminho difícil, é um caminho estreito. Você precisa tomar decisões, e, principalmente, um tipo de decisão inadiável, uma decisão que irá mudar tudo: tudo o que pensam e tudo o que acham e tudo o que esperam então de você. Mas quem pode tomar uma decisão dessas, uma decisão inadiável? Quem? Não, não senhor. Nós adiamos tudo o quanto podemos: essa é a nossa marca, é a nossa natureza, é nosso gosto, é o nosso deleite, meu amigo. Mas o que eu queria dizer é que... Veja só: onde Davi se enfiou quando os homens dele saíam pra lutar? Onde? É isso aí: escondido em seu castelinho, passando os dias, o dia inteiro rodeado de suas mulheres e de suas amantes. Se afeminou, professor, ele se afeminou, tomou gosto pela coisa, pelo sereno, pelo conforto, e o conforto se tornou um vício, que se tornou uma pedra de tropeço pra ele. É isso aí, meu caro. O senhor sabe melhor do que eu, sabe sim, com todo o estudo que tem... sabe sim. E onde isso levou ele, onde? Bem, não preciso dizer; a História conta...

Bebeu outro gole da cerveja. Bateu, fazendo ecoar um estrondo pelo recinto inteiro, assustando a velha, que permanecia ainda concentrada na tela do celular, com sua mão pesada sobre a mesa.

— Quem faria diferente dele? — deu outro tapa sobre a mesa, parecendo exigir uma resposta.

— *Wer?*[35] — voltou a lançar a pergunta aos ares.

Percebeu o aspecto assustado da velha, atrás do balcão, que havia agora largado o aparelho.

— *Oh, tut mir leid, Frau, es war aus Aufregung, tut mir leid*[36] — arremessando-lhe um sorriso amarelo.

— Nós somos homens! — baixou o tom da voz, e prosseguiu — E nós não faríamos o mesmo? Exatamente assim. Há uma grande diferença entre aquilo que um homem pensa ser daquilo que ele realmente é. Pode esse homem enganar uma multidão? Sem dúvidas que pode. É sempre fácil ser venerado pela multidão venerando tudo aquilo que essa multidão venera. Mas pode esse homem enganar a si mesmo? Realmente pode? Talvez possa. Mas pode enganar a si mesmo uma vida inteira? Pode? Realmente pode sem

---

35 *Quem?*
36 Ó, *perdão, senhora, foi na empolgação, perdão.*

que isso não se volte contra ele, sem que ele escape às consequências e aos efeitos desse engano? Não há novidade alguma no que eu digo, não há. Isso tudo é mais velho do que tudo: acompanha o primeiro homem que pisou no mundo, e não deixará de acompanhar o último. Claro que não! Uma vez contornando as rédeas de sua consciência, não há nada que impeça um homem de se autodeclarar dono do mundo. Tudo que venha a se opor a ele, tudo que venha a se opor contra os escrúpulos que ele mesmo estipulou para si, e que são sempre condizentes às próprias necessidades e às próprias ambições momentâneas e movediças dele, ele esmaga, lançando tudo numa grande pilha de imundície onde ele se desfaz de todos os valores, meu amigo, de todos os valores, de tudo o que antes refreava a loucura dele. Nada resta senão entregarem a ele as chaves do mundo. Eu te digo, amigo, te digo, afirmo isso, aposto minha vida nisso: quando um homem convence a si mesmo de que é o dono do universo, ele já se torna o dono do universo. É assim que nascem os grandes vilões e é assim que nascem as grandes vilanias da História. Um homem é tão somente os próprios limites que impõe a si mesmo. Quanto a Davi... Era sobre ele que... sim, sobre ele, claro. Eu, eu, Pedro Richter, falo por mim, falo por mim que faria, certamente faria! Dê a um homem o que ele não possui, que é justo aquilo que ele acha que, se tivesse, não precisaria de mais nada, e você verá, amigo, você verá que essa coisa vai se tornar maior do que ele, vai dominá-lo, vai se tornar o centro de tudo pra ele... TU-DO! Até porque, meu amigo, não há nada tão absurdo que não passe a soar, repetido incansavelmente, com certa naturalidade.

 Cortou a fala para recuperar o fôlego; puxou o ar para dentro dos pulmões com muita força, fazendo com que seu peito intumescesse, para depois esvaziá-los novamente.

— Sabe... a minha mulher já disse uma vez, reclamando: *'Oh, diese Bar muss schließen, muss schließen*[37]*!'*. Aí eu respondi pra ela: 'Mulher, te acalma, fechar a Igrejinha? Onde nós vamos rezar nossas missas, mulher, onde? Todos os bêbados e os vagabundos da cidade vão vir rezar aqui em casa então, se caso fecharem a Igrejinha, uma casa de um deus, uma casa de irmãos da mesma fé, irmãos reunidos em torno de um propósito em comum!'. Você tinha que ter visto a cara dela! Haha! Ela não sabia o que fazer, meu amigo, haha, não sabia mesmo, hahaha — arrematou a frase com uma de suas gargalhadas sonoras.

---

[37] *'Ó, tem que fechar esse boteco, tem que fechar!'*

Deu algumas baforadas em seu cigarro; bebeu um e outro gole da cerveja. Um período de silêncio se interpôs na conversação. Depois de algum tempo, o velho pôs-se a analisar com redobrada atenção o aspecto do seu companheiro de mesa. Examinando-o de cima a baixo, sem que o outro se desse conta, retomou a fala:

— Um homem, meu caro, um homem precisa de convicção, nas pequenas e nas grandes coisas. Entende o que quero dizer? Ele se sustenta, ele se agarra em qualquer coisa que lhe dê a segurança de que sua vida tem sentido, algum sentido, pelo menos um sentido...

Interrompeu o raciocínio quando a mulherzinha da tatuagem passou para dentro do recinto, dirigindo-se ao caixa.

— Vou usar teu banheiro, tá bom? — avisou à velha, que assentiu com a cabeça.

— Uma bebidinha, um joguinho... — paralisou outra vez o discurso, torcendo o pescoço para o lado da mesa em que passava a rapariga — ... Uma mulherinha, há? Hiin in in — relinchou, imitando um cavalo; a mulherzinha, por sua vez, havendo já ultrapassado a mesa, torceu o pescoço para trás, juntando os lábios num biquinho e piscando um de seus olhos na direção do velho. — Uma mulherinha também, às vezes. Que mal tem nisso, que mal, meu amigo? Que mal? Nenhum, eu te digo: nenhum. Só às vezes, às vezes. Não sempre. Não sempre! — bramindo uma gargalhada que vibrou na sala inteira. — Quem pode viver sem, quem pode?! Haha, eu não, não senhor. Não mesmo, meu amigo, não pode.

A mulherzinha saiu pela porta do banheiro, ao fundo do edifício, por detrás da mesa de bilhar; passou pela lateral da mesa diante da qual se sentavam os homens, buscando outra vez a companhia do amigo, lá fora, na escadinha. O velho lhe seguiu o percurso com o olhar; depois, deu um longo trago na cerveja, e, pegando o isqueiro que a proprietária havia lhe lançado, acendeu um novo cigarro.

— Precisa de convicção... Tem certeza de que não quer pitar? Umzinho só? Não?! Não, tá bem, tá bem — voltou a falar, dando razão para o ouvinte acreditar que apenas havia preludiado a sua tese sobre a necessidade de um homem possuir alguma convicção na vida.

— A grande pergunta... A grande questão é esta, meu amigo: essa coisa na qual um homem se agarra, ela poderá sustentá-lo até o fim? Poderá? Quando a vida parecer pra ele uma tortura, quando se apresentarem pra ele aqueles dilemas aparentemente insolúveis, as tristezas, as calamidades, as decepções, as perdas, enfim... a morte... O quê? O senhor deveria pensar nisso, deveria sim! Ela chega pra mim, hoje, para o senhor, amanhã... O que muda? O que muda? Chega pra todos, amigo, ô se chega!... No fim, a morte, meu amigo... Poderá? ... Enfim, a morte, meu amigo... Poderá? Não sei, é sempre uma pergunta difícil. Sempre.

E como o ouvinte fixasse o olhar na direção da porta lateral do edifício, a qual ficava bem atrás da cadeira em que o velho havia se sentado, e por onde se podia enxergar, agora, homens, mulheres e crianças adentrarem a igreja, ao final da ruazinha, tendo percebido isso o locutor, após se virar para ver o que retinha a atenção do companheiro, exclamou:

— Ah, sim, eles têm a convicção deles. Está certo? Não sei, é possível que sim. Não sei. Eles têm a convicção deles, têm sim. Mas eu te pergunto: nós aqui, não temos a nossa? Temos. E isso não basta pra nós? Basta. Não basta? Sim, basta. Sabe... Esse pessoal mais jovem de hoje, eles são todos uns grandes imbecis arrogantes, são todos idiotas, grandes idiotas, se acham que podem assim tão facilmente descartar a existência de um deus. São grandes idiotas. Não podem, não podem! Você pode colocar o que quiser no pedestal mais alto, pode sim, o que quiser, desde que coloque algo. Isso é indispensável. Escuta o que eu digo, escuta: há algo dentro de nós, dentro de cada homem, e não importa quão decrépito, quão sujo, quão ordinário e quão descrente seja esse homem, não importa, há algo dentro de nós, nasce e morre conosco, algo que aponta para alguma coisa maior do que nós... Entende?

Virou-se outra vez, ficando a contemplar os fiéis que chegavam para a missa com grande alegria estampada em seus semblantes; eles se abraçavam uns aos outros de maneira eufórica.

— Veja aquela mulherzinha ali fora... — virou o rosto para o interlocutor à sua frente. — Você acha fácil julgar ela, acha? Mas quem tem lá moral suficiente pra julgar ela? O que ela faz... ela faz pela sobrevivência, não faz? Então... meu amigo. Algumas nem por isso fazem, nem por isso. Imagina só! Isso sim é uma falta total de moralidade. E quem pronuncia alguma palavra contra isso, quem? Ninguém abre a boca pra dizer uma palavra, isso eu garanto pra você. Sabe o que diferencia a gente DAQUELA gente ali? Sabe? Não sabe?! Daquela gente ali no final da rua...

Bebericou um gole da cerveja; formou-se um bigode de espuma branca sobre os fios de seu bigode grisalho. Varreu-o dali com o dorso da mão, num gesto brusco, como se, pela experiência, adivinhasse a caricatura do bigode de espuma sempre formado após os goles. Reclinou-se para frente, na direção do companheiro, apoiando os cotovelos sobre a mesa, de maneira que ficassem seus rostos muito próximos um do outro. O professor sentiu um grande embaraço. O senhor Richter esboçou um sorriso de sarcasmo e, sussurrando:

— Sabe, vou te contar um segredo. Mas fica entre nós. SÓ entre nós dois, certo?!

Como esperou em vão uma resposta afirmativa do professor, continuou, após reclinar-se para trás na cadeira:

— Nós aqui nunca negamos ou tentamos esconder o que somos. Não fugimos disso, do que somos, do que queremos, e não fingimos não ter feito isso, ter feito aquilo, mesmo sendo feio, mesmo sendo errado praquela gente... hipócrita. Eles sim, eles se obrigam a si mesmos, um obriga o outro a usar cada um a sua máscara de conveniência, isso eu te digo, meu amigo, sem dúvida alguma, te digo.

Voltou a beber a cerveja, até secar o líquido do copo. Enxugou novamente o novo bigode de espuma que se formara sobre seus lábios.

— O senhor vai ter que escolher, meu amigo, entre um título ou outro que eles nos dão quando nos tornamos membros dessa ilustre sociedade, haha. Ilustre! Ou se é bêbado ou se é vagabundo: um dos dois tipos. Qual o senhor prefere? A não ser que não tenha pretensão de aparecer com frequência... Mas, acho que vai gostar, vai sim. Já tá gostando, não tá não?! Os dois títulos já é coisa pra poucos. Nem eu mesmo tenho ainda os dois. — Inclinou-se novamente para frente, apoiando os cotovelos na superfície da mesa; voltou a sussurrar: — E olha que já frequento esse lugar há alguns anos já, meu amigo, haha... O de bêbado já possuo, fui batizado, sim. Quanto ao de vagabundo, vai ainda um tempinho, é, vai... Pretendo até o final do ano que vem receber a honraria, pretendo, hahaha.

— Sabe... Como eu disse: eles têm o deus deles — agora fazia uma gesticulação como se estivesse passando uma bola invisível de uma mão para a outra. — E o Deus de-les, o Deus deles é... é SÓ — empregando muita ênfase sobre esta última palavra, carregando-a de uma nota cavernosa, não bastasse sua voz, por natureza, fosse já muito grave — SÓ de-les! Entende? Certo assim, certo aqui; nem tão certo aqui, isso aqui, aquilo ali... não. Eles manipulam um deus conforme o que interessa a eles, viu?! Conforme o que interessa a eles! Entendeu? Mas sabe... — Apoiou a mão direita sobre o joelho esquerdo, enquanto sobre a mesa, que balançava devido ao peso do homem e também por ter um dos pés desnivelados do piso, firmou o cotovelo esquerdo, sustentando sobre o punho e os dedos cerrados a imponente cabeça: — Eu te digo quem é quem... cada um deles, cada um... dos santos — temperando a última palavra com um risinho de todo mal-intencionado.

Despregou o punho e os dedos cerrados do queixo, libertando a cabeça, no exato momento em que uma mosca inoportuna interrompeu o ato de crucificação a que dera início. Com a mão tentou afugentar o inseto, que persistiu em lhe atazanar a paciência. Por fim, a mosquinha pousou na borda do copo de cerveja do velho, percorreu as paredes internas de vidro, mergulhando no líquido.

— Ah, desgraçada, isso aí acontece com quem se mete onde não devia — recolhendo o cadáver da infeliz com um dos dedos que colocara dentro do copo.

— Os santos... — recomeçou. — Os santos... — riu outra vez à sequência da palavra pronunciada, deixando os dentes amarelos à mostra. Enquanto ria, sugou do cigarro. Tendo um verdadeiro ataque de riso agora, acabara por engolir a fumaça, passando a tossir convulsivamente, regurgitando-a então pela boca e pelas narinas. Tentava retomar a frase, cortada pela tosse e pelo riso simultâneos:

— Os san... hahaha (cóf-cóf-cóf) ... Os san... — sua voz se afinou, exaurindo então chiados entrecortados, assemelhando-se muito ao timbre do canto de um grilo:

— ... haha (cóf-cóf) ... Os... (cóf) haha... (cóf-cóf).

A tosse aumentou ainda mais, parecendo ao companheiro que o velho estava realmente a passar mal. Cessou a risada; calou-se por um minuto inteiro. Respirou fundo uma, duas vezes. Desferiu palminhas no próprio peito, como se para espantar o restante da fumaça inalada que havia se impregnado nos pulmões. Uma vez recomposto, finalmente retomou:

— Veja o Scheffel, para dar um exemplo. Conhece, né?! — Como o interlocutor fizesse um meneio de cabeça confirmando conhecer o homem a quem o velho se referia, prosseguiu: — É, todo mundo conhece o Scheffel, o velho e bondoso Scheffel — sorrindo sarcasticamente —, conhecido por sua... honestidade. Sim. O deus dele é, o deus dele é o DEUS mesmo? Eu te pergunto: é?

Apontou com o indicador em riste para si mesmo:

— Jogo em um, talvez dois meses o que ele joga em uma semana. Sabia do jogo, né?! Caça-níquel, roleta, bicho... Todo mundo sabe, todo mundo. Só eles lá que fingem não saber de jogo nenhum nem de nada, assim como fingem sobre todos os podres, todos os podres. DO-IS meses! Tem noção do que é isso? Do-is me-ses!... Toda semana, toda santa semana.

— Quando eu encontro ele, passo por ele na rua, em algum lugar por aí qualquer, aí ele, primeiro ele olha pra todo lado pra ver se não tem gente conhecida por perto, entende? Aí ele me vem com essa – como se eu fosse amigo dele, sabe?... Amigo, entende? Esse safado! Ele me vem com: 'Ah, alter Richter, mein langjähriger Begleiter[38]', como é que tu foi nessa semana? Há? Foi bem? Foi bem, né?! Tu sempre vai bem, Glück gehabt[39]'. Assim, ele nem me conhece quando tem algum conhecido por perto. Ele chega bem pertinho. — Aproximou a sua cadeira da cadeira do professor pela lateral da mesa com a intenção de encenar como Scheffel lhe abordava na rua. — Então me para na rua, quando não tem ninguém por perto, e daí me pergunta, com aquela cara de safado, sem-vergonha, que é a cara dele: 'Ó, viu, tu tem uns pila pra emprestar, tem, né? Du gewinnst immer, das weiß ich[40]!', e dá uma risadinha bem de malandro, legítimo que é: malandro, sem-vergonha. 'Não, eu devolvo logo, pode confiar. Pode confiar no amigo. Ó, vou ganhar bem essa semana, tu vai ver só, vou ganhar em dobro essa semana. Te pago, sobra pra mim, ainda que te pagando'. É um malandro. Me deve já não sei de quantos meses me deve. Nem sei quantas rodadas ele já perdeu e ainda vai perder e ainda me deve. Perdeu, foi perdendo... Deve ter pechinchado de outro bobo, certo que sim... O Martini, aquele lá da construtora, sabe? Ele me disse que sim, que já veio atrás dele também, e que ficou devendo pra ele também. E assim tem outros, pode ter certeza. Vários. Deve ter ido atrás de muita gente, e deve dever até as calças por aí, agora.

— Eu cheguei um dia pra ele, bem na cara dura assim, ó, falei: 'Ó, Scheffel, tô querendo voltar pra tua igreja lá... Como se faz?' Aí tu acredita que o cara de pau vem me falar, respondeu que 'não era bem assim', que 'precisa ter certa convicção antes e certos parâmetros para serem seguidos' e tal e não sei mais o quê... Claro, claro, meu amigo, era só pra pegar ele, ver a reação dele, claro. Não tinha a intenção de ir, de modo algum. Só pra pegar ele mesmo. Pa-RÂ-metros... que coisa é essa, hein? O cara é cara de pau mesmo, hein! Aí eu respondi pra ele (não deixei quieto, não dá pra deixar quieto toda vez, en-

---

[38] *Ah, Richter velho, meu companheiro de tantos anos...*
[39] *Sortudo.*
[40] *Tu sempre estás ganhando, eu sei disso!*

tende?)... eu respondi pra ele: 'Não, entendo, claro. Faz sentido. Mas o que se trata por parâmetros e isso aí... o quê?' 'Ah, sim', ele respondeu logo, 'como tá a questão da oferta... dos dízimos e sabe... pra se acertar com o Homem lá em cima...?...', dando uma risadinha pra disfarçar, sabe? 'Olha', eu respondi pra ele, 'não tá escrito não no livro de vocês: "perdoai nossas dívidas assim como perdoamos nossos devedores", não tá não? Então, meu amigo, é simples: procuro o teu padrezinho, procuro!, sem problema nenhum, aí eu digo pra ele: "assim que o senhor Scheffel me pagar (ele vai pagar, certamente, porque tá pra nascer melhor pagador do que ele!) o que deve, eu acerto tudo com o senhor, tudo bem, seu padre?" O que acha, há? Conseguimos o perdão de Deus de uma tacada só, meu amigo!' Era pra ver só a cara dele: ficou mais vermelho do que um pimentão, ficou — e ria contando da anedota que tivera com o fiel da Igreja.

— Não bastasse isso, essa coisa de pedir dinheiro pra jogo toda semana, e nunca pagar, e ir jogando e nunca pagando, não bastasse isso, ele me chega... acho que foi na semana passada ainda... é, tenho quase certeza... hoje é terça...?... aí segunda, domingo... O fim de semana passou, e daí... é, lá por quinta-feira acho que foi... da semana passada, pra ti ver que é de agora, não é coisa antiga não!, ele me chega e diz: 'Ó, *mein Freund*[41], domingo agora é aniversário de casamento nosso, da minha esposa e eu. E tu sabe como é, né... *Mein Freund!* Não se pode deixar passar em branco uma data dessas, de modo algum, né, *mein Freund*! Se não, já viu, né?! Sabe que é preciso agradar, sempre é preciso agradar a mulher da gente, mesmo depois de tantos anos de casados, sabe, né... Eu sei que é chato pedir esse tipo de coisa... mas... pra um amigo, como diz o ditado, pra um amigo não se nega favor, não é mesmo?! *Mein Freund*, eu te prometo que te devolvo logo, na próxima semana ainda, tá bem? Eu só preciso de um troco aí pra comprar um agrado pra ela, entende? Mas eu te devolvo logo... assim que sair minha aposentadoria, tá? E vai sair logo agora, semana que vem'. Aí eu fiquei curioso e perguntei: 'Tá bom. Mas e o dinheiro do jogo... aquele que tu tá pra ganhar toda semana e não aparece nunca, *mein Freund*?' 'Ah, sim. Mas nem é preciso, viu?! Não é. Só com a aposentadoria agora eu acerto todas as minhas dívidas por aí, e contigo também, claro'. 'Certo, Scheffel, certo'. Dei um troco pra ele. 'Mas... se não for pedir demais... Sabe como é, né, quem nunca se apertou pelo menos uma vez na vida, né, *mein Freund*?! Sabe, uma festa dessas aí têm custos, e não são poucos, não são não,

---

41 *Meu amigo.*

entende?'. Ou seja, no fim das contas, ele desembolsou o dinheiro pra comprar o tal 'agrado' pra esposa, mais um dinheiro pra festa do casamento de não sei quantos anos deles, mais uma gorjeta pra uma rodadinha no jogo. Paguei tudo, meu amigo, tudo. Tu acha que ele me convidou pra festa, acha? Claro que não! Paguei pra ele encher a pança daquela gentinha mascarada lá, essa é a verdade! A mulher dele anda toda perfumadinha pra cima e pra baixo por aí, parece uma gazela, a crista erguida; foi no salão, foi no salão com meu dinheiro, se embelezou com meu dinheiro! Eu, eu, meu amigo, eu que deveria ter os direitos de marido sobre ela, hahahahaha... — estourou numa gargalhada interminável.

"Ele não se cansa, não se cansa nunca da própria voz, dos próprios absurdos? Absurdos? O que há de mentira nisso tudo? O que há de inverdade? O homem acerta. Apesar de ser um pervertido, um decrépito, um diabo, ele acerta sobre o que fala. Acerta".

— Muuuu!

— Ô, Tonho, pega uma faca aqui dentro e dá um jeito nesse bicho aí! — gritou o senhor Richter para o homem careca lá fora.

— Haha, fizemos um boião aqui, ainda hoje então — Tonho respondeu ao velho.

— É. Fizemos.

— Muuuu!

"Um animal conduzindo outro animal. Um animal".

— O que um homem não faz pra esconder o que realmente é... — tornou a falar o senhor Richter — sabe... quando existe a chance, sempre ou quase sempre, de se esconder quem realmente é. Quando ninguém cobra dele o que ele deve ou deveria ser, o que deveria fazer... aí ele se sente, ele se sente desnorteado, porque ninguém enxerga ele, ninguém tem a atenção sobre ele. Ele se sente perdido. Ele fica completamente perdido!

"Perdido. Sim, completamente perdido. Ser o que se é, realmente, ser. Perdido".

— Sabe... eu fiquei pensando... Por isso eu digo que essa gente nova é um bando de imbecis idiotas, completamente idiotas! No fim das contas, a aparência é tudo, é tudo o que um homem pode ser, tudo! Tudo depende disso, tudo. Mesmo que pendurada por um fiozinho prestes a rebentar, é tudo o que importa pra um homem, meu amigo: manter as aparências. Todos uns idiotas, grandes idiotas! Se um homem se desprende disso, se ele, por algum motivo superior de sua consciência, deseja se desprender disso, então, meu amigo, quando se tira a aparência de um homem ou quando ele se tira de si mesmo, tudo desmorona, tudo rui sobre ele, tudo vira confusão e tudo vira caos. Não importa se é do gosto ou da vontade do homem fazer isso ou aquilo e não fazer isso e não fazer aquilo outro, não importa; importa que ele conceda, importa que ele assuma o papel que foi dado a ele ou que ele mesmo se deu, importa que ele encene esse papel até o fim, arraste consigo e sobre si essa mentira, importa que ele nunca admita ser uma farsa, encenar uma farsa, sendo parte de um todo falseado, não importa. Como se diz: é algo... é algo...

"Irreversível".

— Irreversível — encontrando o velho a palavra que melhor encaixava com aquilo que desejava transmitir.

"Irreversível".

— Ir-re-ver-sí-vel – disse sílaba por sílaba o velho, lentamente, estalando a ponta da língua no céu da boca a cada sílaba pronunciada, como se em cada uma saboreasse uma especiaria de raro sabor:

— Ir- (tlót) re- (tlót) ver- (tlót) sí- (tlót) vel (tlót).

— Ele berra — só podia estar se referindo ao Scheffel – que nem uma cabra no cio: 'Ó Jesus, meu Jesus, meu Jesuzinho' e não sei mais o que ele berra, lá dentro – e dirigiu o olhar para o fim da rua — Lá!

Acusava princípios de fadiga após tanta energia imposta em seu discurso. O professor começava a sentir-se aliviado, julgando haver degringolado para o fim a conversa, ou melhor, o monólogo. Porém, o velho, para a surpresa e a indignação do outro, reencheu o copo com a cerveja da garrafa, esvaziando-a. Sugou o líquido de um só gole, batendo o fundo do copo vazio sobre a mesa.

— Aaah, mais outra, mais outra. Pega pra nós? — dirigindo um olhar de pedinte para o professor, que atendeu prontamente.

— Pega um copo de cerveja pra você também, meu filho, já que essa caninha já se foi pro beleléu.

O professor voltou para a mesa com uma garrafa cheia e um copo limpo.

— Não, não, pode deixar que eu te sirvo, meu amigo. Pode deixar.

Serviu ambos os copos, e, sentindo-se renovado, recomeçou a falar:

— Tem mais, ó, tem mais: a velha Meyer, a viúva do Meyer, aquele que vendia pão e bolacha anos atrás, lembra? Ah, tá certo, você era muito novo, é verdade... e nem tava a par das coisas daqui dessas bandas, não. Mas a viúva você conhece, sabe quem é, certo? Certo. O velho morreu há muito tempo, acho que você não conheceu ele, não. Aquela velha mexerica, ela e aquela outra lá que sempre tá com ela... Como é o nome da outra mesmo? Aquela... Elas se juntam, sabe... aquelas duas, e... Como é o nome daquela desgraçada...?... *Nachbarin*[42] — chamou pela dona do bar — *Oh Nachbarin*, como é o nome daquela senhora, aquela que mora logo ali, passando a cancha, depois do silo dos Tochman, pegando à direita, e depois descendo aquele cerro onde aquele motoqueiro se matou ano passado, batendo a cabeça no meio-fio da calçada? Qual o nome dela mesmo?

A dona do estabelecimento ergueu os olhos da tela do celular, encarando o senhor Richter por cima dos óculos cuja armação mantinha suspensa na ponta do seu nariz de bruxa.

— O senhor se refere a quem? À Silveira? — sugeriu a proprietária, tentando adivinhar a quem se referia o velho.

— Não, não. Não a Silveira. Acho que... é, isso, a que mora logo do lado dela. Não, não, minto! Três ou quatro... três casas depois da Silveira, do mesmo lado da rua, acho que uma casa lilás, de madeira, tem um portão cinza na frente...

— Ah, sim, a Marques. Essa?

— Isso, isso mesmo.

— *Was hat die Frau?*[43] — abandonou a proprietária o celular por cima da caixa registradora, inclinando-se para frente no banquinho, arregalando seus olhos de fuinha e espichando suas orelhas de raposa, assim como o faria uma ao se aproximar de um galinheiro.

— *Nichts, nichts*[44] — respondeu com rispidez o velho. E para que a dona do bar não captasse o que iria comentar sobre a Marques, retomou a fala em um tom muito baixo, quase inaudível:

— Essa Marques, outra viúva, tá entendido?... (se é coincidência ou não, se é um dom que as viúvas adquirem ou não, isso eu não sei dizer, meu amigo!... talvez seja uma necessidade delas, na situação delas, entende? Hahaha, não sei...)... É melhor não rir muito, assim. Amanhã pode ser a minha! Mas, enfim... A velha Meyer, viúva do Meyer e essa Marques se juntam pra mexericar da vida dos outros, é só o que fazem, só. Depois elas se enfiam lá dentro, lá no final da rua, como santinhas, como santinhas! É verdade — suspirou com tenacidade, como se a atitude daquelas senhoras o afligisse diretamente. — Se

---

42 *Vizinha*
43 *O que tem ela?*
44 *Nada, nada.*

alguém tá com dor de barriga, por acaso, a fulana tal, por exemplo, e chega isso nelas, essa fulana, ela já tá grávida, já. Já sabem quem é o pai antes da própria fulana que engravidou; se falta criatividade pra elas inventarem um, saem dizendo por aí que 'fulana de tal ficou prenha e nem sabe quem é o pai, acredita nisso, vizinha?!'. Se alguém tá mais ou menos bem na vida, sabe... nem digo rico, até porque ri-co por aqui... por aqui é coisa difícil, né?! Se alguém fica mais ou menos bem colocado na vida, aí elas comentam: 'É, vizinha, eu ouvi falar, sabe que não sou de falar da vida ninguém, eu não, Deus me livre!, mas quando todo mundo fala, sabe, né, vizinha... A voz do povo é a voz de Deus, como dizem... Eu ouvi falar de alguém que ouviu falar de outra pessoa, e eu não sei quem é essa pessoa que falou pra essa outra pessoa que me falou, mas, como eu disse... a voz do povo... né... que esse fulano aí tá lidando com certas coisinhas aí, sabe... do tipo... nem preciso dizer, né, vizinha... coisas sus-pei--tas...' E o cara, na maioria das vezes, trabalhou a vida inteira, acordando às cinco da manhã, dormindo depois das onze, pra juntar, mas quase lá no fim da vida, meu amigo, no fim da vida!, se não é uma ideia de jerico essa!, pra juntar umas coisinhas ali, aproveitar o fim da vida... Coisa de quem não tem nada mais da vida, nada pra fazer, nada mesmo! Vai querer o homem aproveitar um pouco a vida, fazer uma viagem com a mulher, comprar um barquinho pra fazer uma pescariazinha com os amigos no fim de semana, vai fazer um conserto ou outro na casa, colocar uma piscina nos fundos da casa pra receber os filhos, os netos... O que tem de mais nisso? O que elas enxergam de exagero e de errado nisso? Me diga só uma coisa?!

— Muuuu!

Uma brisa trazia agora o odor de esterco para dentro do recinto, que se misturava ao odor já sufocante da poeira acumulada sobre os balcões e os móveis do bar somado àquele outro cheiro indefinido.

— Muuuu!

— Bicho chato, *sei still!*[45] — berrou em resposta ao apelo do animal o velho, como se ele, o animal, pudesse compreender o significado da advertência.

— Acho que ele tá com forme! — ponderou a mulherzinha, lá fora.

— É, sim. E eu também tô ficando com fome, queridinha, muita fome, tá entendendo? — respondeu o velho, gargalhando.

— Calma, calma, ainda nem é noite — interveio a voz de Tonho.

---

45 *Fique quieto!*

— Muuuu!

— Sabe... — baixou outra vez o tom da voz, com receio de que as orelhas apuradas da raposa posta atrás do balcão pudessem captar algo daquilo que falava.

— A velha Meyer, a viúva, quando o Meyer, aquele coitado, aquele homem era um coitado, um verdadeiro coitado!, Deus do céu!, quando ele era vivo ainda... um verdadeiro coitado que só sabia trabalhar, trabalhar e trabalhar, entende?... quando ele era vivo ainda... essa velha desgraçada, essa imundície dessa velha, ela era ruim como um diabo pra ele!, com ele, um coitado!, desgraçada!... antes que ele saísse de casa, de manhã, quando já tinha colocado todos os pacotinhos de bolacha e de pão dentro do carrinho de mão (sim, ele saía por aí vendendo tudo com um carrinho de mão, não tinha outro recurso não... colocava os pacotinhos que tinham feito no final de semana... a velha ajudava, sim, ajudava, se quebrava com ele, nessa parte ninguém pode falar mal da velha... se quebravam o fim de semana inteiro pra na segunda tudo ficar pronto pra o velho sair aí vender – eram outros tempos, entende? outros tempos... sustentaram três filhos só vendendo pão e bolacha!)... antes de ele sair, ela vinha nele, perguntava: 'Tá saindo, então?'. 'Sim, tô saindo vender, sim'. 'Sim, mas tem que descarregar primeiro, né... ', a velha dizia pra ele. E tu sabe o que ela queria dizer com isso, certo? Hahaha! que velha maluca! Desgraçada. Desgraçada mesmo! Ele fazia o que era preciso fazer. Depois saía porta afora, arrastando aquele carrinho, rangendo a roda por aí. Todo mundo já reconhecia que ele tava chegando pela roda que rangia... é verdade. Ele passava numa das casas que ele tinha garantida a venda, toda semana, numa casa onde moravam umas mocinhas, entende? O pai lidava na serraria, aquela ali na frente, naquele prédio ali desativado — apontando para o antigo edifício há muito abandonado que fronteava a "Igrejinha". — Elas eram bem bonitinhas, é verdade. Depois foram embora, lá pra cima, eu acho... Quando o negócio da serraria foi pro brejo, foi indo cada vez pior... já não pagavam direito a peãozeada... o pai com quatro bocas pra alimentar... Foram embora. A mãe tinha abandonado tudo: casa, marido e as filhas quando elas eram bem pequeninhas. Havia pouca diferença de idade entre a mais velha e a mais nova, pouca mesmo. Era uma escadinha: uma veio atrás da outra. As mocinhas se enchiam de alegria quando ouviam o ranger da roda do carrinho do velho Meyer. Ih!, como se enchiam de felicidade! O pai sempre deixava um dinheirinho no dia certo que sabia que o velho ia passar por lá. Elas iam de encontro ao velho, nem esperavam ele chegar na frente da casa, iam encontrá-lo, atacavam ele no meio da rua. O velho também se enchia de alegria, meu Deus!, acho que era o único momento de alegria do velho na semana... Se elas compravam um pacotinho de bolacha, de pão, viravam dois. Se compravam dois, viravam quatro. Se compravam quatro, viravam oito. É. Às vezes, mais no começo, quando o negócio da serraria ia bem, bem mesmo, a peãozeada ganhava um bônus.

Nessa época nem venciam a demanda; deixavam pedidos pra trás, acredita?! É. Aí o pai deixava mais dinheiro; mais dinheiro, mais pacotinhos de bolacha e de pão. Era uma fartura, um banquete! O velho Meyer sempre acrescentava mais, sempre. Pra mulher depois... Ele colocava dinheiro do próprio bolso, não sei como fazia... Se escondia um dinheiro só dele ou não... Se cobrava um pouco mais dos outros clientes... Não sei. O fato era de que ele entregava todo o dinheiro das vendas pra mulher. TODO DINHEIRO, todo mesmo! Prestava conta pra ela. Ela levava ele ali — torcendo os dedos da mão — na rrrré-dea!

— Muuuuuuuu!

— Santa paciência! — exclamou o velho aos mugidos insistentes do boizinho. — Aí depois — continuou — de um tempo começaram certos comentários por aí, quando se descobriu o que o velho Meyer fazia, dando aqueles pacotinhos extras de graça pras mocinhas. Elas deviam ter comentado sem má intenção, óbvio, porque eram novinhas e inocentezinhas demais para julgar qualquer coisa de errado em comentar aos outros a boa ação do velhinho; não viam problema nisso...

— Muuuuuuu!

— Começaram a comentar que ele fazia isso em troca de certos fa-vo-res, se é que bem entende... Acho que não preciso ser mais específico, né?! É, então. Veja bem, coitado do velho Meyer! Ele era homem, claro que era, não se podia negar. Mas não tinha ideia pra esse tipo de coisa, e, além do mais, se ele saía portando a arma, estava sempre descarregada, hahaha.

— Muuuuuuuuuuuu!

— Santo Deus! O que deu nesse bicho? Mas garanto que isso aí, essa tal historinha pra boi dormir, isso já se passava na cabeça maluca da velha, claro que se passava! Ela fazia o que fazia... Essa história não foi inventada por ela, não foi. Mas, naquele tempo já, bem mais, depois, foi ficando muito pior depois, muito pior mesmo, tenha certeza... ela já tinha o costume de inventar... falatórios sobre a vida dos outros, naquele tempo já. Ela não inventou, mas é certo que fez dentro da cabeça dela, porque ela fazia tudo o que era de ruim e precisava inventar sempre uma justificativa pra fazer as ruindades dela parecerem justificáveis; e pra culpar o velho dela, dentro da cabeça dela isso entrou e pra ela era já verdade, mesmo que ela sabia, claro que ela sabia!, que o marido jamais teria esse tipo de ideia na mente e jamais ia fazer tal coisa. De certa forma, foi uma vingança do povo contra a língua da velha; foi um tiro no próprio pé essa historiazinha aí do marido com as mocinhas. Mas, meu amigo (é impressionante como nunca se aprende nada com a desgraça!), se deveria servir de lição pra ela, meu amigo, te digo, amigo, te digo que não serviu. Não só não serviu, como aconteceu o contrário: depois disso a velha se entregou cada vez mais a esse costume de mexericar na vida dos outros, a...

— Muuuuuuuuuuu!

— ... inventar absurdos que até Deus poderia duvidar, meu amigo! Você não faz ideia! Depois que o velho bateu as botas, aí sim... ninguém mais podia falar nada dele, estava morto! Quem ia falar alguma besteira sobre um morto? Ninguém. Ninguém teria coragem pra difamar a imagem de um morto, ninguém. Depois que ele se foi, aí a velha não teve mais freio: falava e falava o que era e o que não era, de todo mundo, sem nenhum me...

— Muuuuuuuuuu!

— ... do (tá ficando insuportável isso aí!), sem nenhuma vergonha de que alguém poderia vir cobrar isso dela. Falava mesmo, meu amigo, falava.

— MUUUUUUUUUUUU!

— Mas sabe a razão de tudo isso, sabe?

— MUUUUUUUUUUUUU!

— Eu te...

— Muuuu!

— Eu te digo...

— MUUUUUUU!

— Alguém faz esse animal calar a boca, faz favor!

— Só um pouquinho — levantou-se Tonho da escadinha, indo socorrer o animal.

— Eu te digo: tudo isso nós fizemos pra encobrir as nossas vergonhas. Sim, meu amigo, sim, nós protegemos as vergonhas uns dos outros atacando as vergonhas uns dos outros. Nós as escoramos umas nas outras, porque nunca sabemos se não seremos nós o alvo da maledicência no dia de amanhã. Serve como um trunfo, entende? Um trunfo! Essa é...

— MUUUUUU!

— ... é a verdade!

— MUUUUUUUUUUUUUU!

— Será possível que tu não consegue nem cuidar de um animal, Tonho?! — exclamou enraivecido o velho na direção da janela.

— Tem um senhor aqui, Pedro, um senhor aqui... — Adentrou o recinto a mulherzinha da tatuagem.

— De quem é esse bicho, pelo amor de Deus, de quem? — fez-se ouvir uma voz nitidamente tomada de descontentamento vinda da calçada.

— Não se tem mais paz em lugar algum, nem num santuário, nem num santuário! — queixou-se o velho, levantando, com muita dificuldade, o corpo imenso e pesado da cadeira.

— Espera aí um pouquinho, professor — ao perceber que o amigo também se levantava —, espera... Vai tirar o pai da forca, vai?! — sorriu.

"Não. Vou ao encontro dela".

Saiu pela soleira da porta frontal do estabelecimento.

— MUUUUUU!

Lá fora, na calçada, um homenzinho de meia-idade, encorpado, de baixa estatura, com um grande chapéu de palha na cabeça, estava parado. Com a cara fechada, claramente estava ali para tirar satisfação com o dono do caminhãozinho e do animal.

— É teu esse bicho, é? — questionou ao senhor Richter.

Fala, xerife! Sim, é meu. Por quê? Quer comprar? Já tá vendido já. Chegou tarde.

— MUUUUUUUUU!

— Tonho, dá um jeito no bicho, Tonho! — gritou o velho.

— O senhor tá de brincadeira comigo, tá?! O senhor não pode deixar um animal assim dentro da área urbana. Tá louco? O cheiro, o barulho...

— Não posso, não posso... — virou-se o velho na direção dos conhecidos que ficaram dentro do estabelecimento acompanhando a cena. Sorriu.

— MUUUUUUUUUUUU!

— Não posso? — se fez de desentendido.

Uma mulher baixa, de cabelos curtos, muito robusta para sua altura, calçando sandálias e vestindo uma saia que lhe recaía para além dos joelhos aproximou-se dos homens que discutiam na calçada.

— É teu esse bicho? — abordou o senhor Richter.

— Meu Deus! Mais uma interessada? Vamos fazer um leilão! Dou-lhe uma... dou-lhe duas... Traga uma caneta aqui, *gnädige Frau*[46], traga uma caneta pra assinar o cheque. Ah, sim, a senhora não pode andar... *Entschuldigung!*[47]

— MUUUUUUUUU!

— Tonho! Tonhoooo!

— O senhor tem que retirar isso aqui daqui agora! — exclamou a mulher há pouco chegada.

— Sim, sim. Pode deixar, dona, pode deixar. Só vou entrar ali beber mais uma com meu amigo... Professor! Professor — gritou para dentro, na procura do companheiro de mesa.

— O senhor conhece esse senhor aqui? — questionou ao professor a mulher da calçada.

"Conheço? Conheço quem? Quem eu conheço? Quem?"

— MUUUUUUU!

Outros moradores foram se aglomerando em frente ao bar, de maneira que em poucos minutos havia ali reunida uma pequena assembleia.

— O senhor conhece? — perguntou ao professor o homem do grande chapéu de palha.

— O senhor conhece? — voltou a perguntar-lhe a mulher.

— MUUUUUUUU!

"Conheço... Não, não, não conheço. Não!"

— O senhor tira esse bicho daqui agora ou vou chamar a polícia! — asseverou-lhe o homenzinho do chapelão.

— O quê? Vai chamar o que, seu porcaria? O quê? — Partiu para cima dele o senhor Richter, tomando-lhe o grande chapéu da cabeça, que pôs sobre a sua. — Ó, ó, ó, palhaço, palhacinho, palhacinho com seu chapeuzinho! Chapelão! Chapelão! Ó professor, ó, ó meu chapéu, meu chapéu de trabalhador, ó, ó hahahaha. — Saracoteava ao redor do homenzinho, que esticava, por sua vez, os bracinhos curtos com todo o esforço para recuperar seu chapéu.

— Me devolve, me devolve!

— MUUUUUUUUUUU!

— O que é isso?! O que é isso?! — gritou um homem em meio à assembleia.

— Uma confusão, uma confusão — respondeu-lhe outro, também gritando.

---

46 *Minha senhora*
47 *Desculpe!*

— MUUUUUUUUUUUUUUUUUU!

— Tonho, Tonho, ó meu chapéu, Tonho!

— Me devolve, me devolve!

Quando o velho se cansou da brincadeira, pôs-se sobre a calçada, reclinando-se e apoiando as mãos sobre os joelhos. O homenzinho, aproveitando a oportunidade, resgatou o chapéu.

— O quê?! O quê?! Me dando um tapa assim, seu covardezinho... — rugiu o velho, desferindo uma bofetada no meio da cara do homenzinho.

— Não, não, não, não — acudiram de todos os lados.

— MUUUUUUUUUUU!

— Hei, segura ele, segura ele!

— Tá caído, tá caído, desmaiou!

— Desgraçado!

— MUUUUUUUUUUUUUUUUUUU!

Uma confusão generalizada se instaurou em frente ao bar. Homens, mulheres, crianças e cachorros rolavam, se esbofeteavam, se chutavam, se agarravam, se puxavam, se arranhavam e se mordiam pela rua e pela calçada, não se podendo compreender quem rivalizava contra quem nem por quais motivos.

— Não, não, aqui dentro não! — saiu a dona do bar detrás do balcão, apoiada numa bengala, com a qual enxotava alguns dos badernerios que trocavam socos e pontapés nas escadas, já se aproximando da soleira da porta. — Não mesmo!

— MUUUUUUUUUUUUUUUUUUUUUUU!

— Toma, desgraçado, toma!

— Vou te pegar, vou te pegar. Não adianta correr, não. Não adianta.

— MUUUUU!

— Auauauau!

— Não adianta!

— MUUUUUUUUUU...

— Auauauauau...

— Volta aqui, volta aqui se tu é macho, volta!

O professor aproveitou a confusão, no momento em que já ninguém retinha a atenção sobre ele, para saltar pela abertura da porta lateral do edifício, caindo na ruazinha perpendicular que descia em um leve declive.

"Animais, animais. Verdadeiros animais. Não homens. Animais".

VIII.
No templo

Eclesiastes 3:8
Apocalipse 13:1-18
Efésios 6:11-18

"Animais, verdadeiros animais".

"Por que, por que fazem isso, por que fazem isso uns aos outros, por quê?". "Irreversível, ir-re-ver-sí-vel".

"Ir- (tlót) re- (tlót) ver- (tlót) sí- (tlót) vel (tlót)".

"Por quê? Por quê? Por... Não, não. Eles não sabem, não sabem... Não sabem o que fazem. O que eu faço, o que eu... Eu sei, eu sei? Eu sei, sei, sei... sim, eu sei, sim, sei. Mas... mas eles... eles... animais, são verdadeiros animais. Nada mais do que animais".

"Vergonha... eles escondem. Protegem atacando. Protegem. Um homem e a convicção. Um homem. Convicção. Um homem convicto. Necessidade. Irreversível. Irreversível... IRREVERSÍVEL... IRREVER..."

— Hei, hei, amigo — tirou-lhe dos pensamentos uma voz.

— Hei, o que tá havendo lá em cima, hein? Você veio de lá, não veio? Eu vi...

Quando saltou pela porta lateral do bar, seguira, sem se dar conta alguma disso, pela ruazinha em diagonal àquela porta, parando agora diante de um senhorzinho de fisionomia bondosa e convidativa, que se apoiava do lado de fora do portão da igreja.

"Era só ter pegado a trilha... Lá em cima, nos fundos. Como vim parar aqui? Como vim?"

— Hei, tudo certo contigo, amigo? — perguntou-lhe o homem, desconfiando de seu aspecto perturbado e de sua aparência sinistra. — Olha, amigo, não estamos recebendo ninguém mais por aqui pra dormir, entende? — confundindo-o com um dos andarilhos que atravessavam a fronteira e que muitas vezes apareciam na Igreja pedindo abrigo para o pernoite.

— Ô, ô Scheffel, que que tá se passando lá em cima, hein? — solicitou outro homem saído de dentro do edifício.

— Só uma confusão de bêbados — respondeu Scheffel. — Hei, amigo, você entendeu, certo? Não estamos abrigando, não estamos... Será que ele entende brasileiro? — voltou-se ao homem recentemente saído do edifício.

— No, no abrigamos... — armava o outro uma frase num espanhol de todo improvisado. — ... No abriga... Professor?! É o senhor, professor? Acho que é ele, Scheffel!

— Professor! Desculpa, desculpa, mil desculpas. Não te reconheci. Quanto tempo, quanto tempo, meu amigo!

— Hei, vocês dois, pra dentro, vamos! — os chamou de volta para dentro uma mulher alta, muito elegante e de talhe ereto, vestida de uma túnica branca que lhe cobria praticamente todo o corpo. Em suas bochechas pequenos círculos de sardas, que tentava disfarçar com o pó da maquiagem. Calçava sapatos de salto fino e alto, fazendo com que, a cada passo, ao contato com o solo, retinisse o som semelhante ao trote de um cavalo. Tinha os cabelos ruivos, jogados para trás, presos por um rabicó.

— Sim, sim, vamos.

— Vai se achegando, vai. — Foi agarrando Scheffel o professor pelo braço, deixando-se este se arrastar, perdido e confuso como estava com toda aquela situação recente no bar.

Ainda estavam no pátio, quando Scheffel se aproximou do professor, de modo que pudesse falar-lhe ao pé do ouvido.

— Hei, professor, o senhor reconheceu alguém lá em cima... naquela confusão?

— Chegou a reconhecer?

— Não, não — respondeu, sem demonstrar muita convicção no que dizia.

Quando já passava pela soleira da grande porta em arco, revestida por um granito muito claro e brilhante, o professor paralisou-se. Levou a mão à própria cabeça, sentindo a falta do boné. "Onde perdi? Quando pulei para a calçada? Foi?". Percebendo que o velho Scheffel o assistia, a essa altura estando ele já no interior do prédio, o professor fez-lhe um sinal com a mão de que se contentaria em ficar ali, na porta. Scheffel entendeu o significado do gesto, colocando-se em pé diante de uma das últimas fileiras dos bancos de madeira que se perfilavam por toda a extensão da nave. Ninguém pareceu notar a presença do homem encostado à porta de entrada.

No altar, diante de toda a assistência, o sacerdote – um homem de estatura média, de pele morena, cabelos ralos (no alto da testa podia-se flagrar certas reentrâncias que suspeitavam a calvície futura), de tronco muito forte, aparentando muita boa saúde, os dentes muito brancos e uma voz cortante, ríspida e altissonante, como o rugir de um leão – com a Bíblia aberta sobre um ambão, lia uma passagem, que todos acompanhavam atentamente. Empregava a cada palavra lida uma acentuação particular, quase sempre encerrando um período acompanhado de uma gesticulação: ora batia as palmas das mãos, ora sustentava-se nas pontas dos pés, ora fazia aqueles dois movimentos em simultâneo, ora erguia o indicador em riste, como para sinalizar aos fiéis a relevância que dava a determinados termos.

— ... tinha dois filhos...

"Como parei aqui, como? Não posso estar tão fora de mim, não posso, a ponto de... a ponto de... Devo mostrar sinais de embria... de que bebi... devo. Mas o que importa, o que importa? Quem são eles, quem são eles para me julgar, quem são eles?! Irreversível. Embria... Irrever... Não, não! O último lugar, o último lugar. Não pode ser".

— ... O filho mais jovem arrumou suas coisas e se mudou para uma terra distante, onde desperdiçou...

"Vergonha, sim. Ela ficava aqui, ficava. E eu também. Mas, por qual razão? Por qual?".

— ... desregrada (clap!) — soou a palma, enquanto, embaixo, a tábua do assoalho do palco rangeu, devido ao movimento das pontas dos pés do sacerdote. — Quando seu dinheiro acabou, uma grande fome...

"Nada, nada, nada. O que aconteceu com ela... com ela, a pequena, uma inocente... comigo... Por quê? Por quê?".

— Convenceu um fazendeiro da região a empregá-lo (clap!) — fazendo soar a palma outra vez, conjunta do ranger do assoalho pelo movimento dos pés — a empregá-lo, e esse homem o mandou a seus campos para cuidar dos porcos (clap!).

"Os porcos. Animais. São todos animais, uns animais. Querendo todos os rins e o coração e o mal uns dos outros. Porcos, animais. Nada além disso. Nada, nada."

— Quando finalmente caiu em si — erguendo e sustentando à sua frente o indicador em riste — disse...

"O que aconteceu... Aconteceu. Esse Deus a quem devo louvar? A esse Deus?

A um Deus que me levou tudo, que me roubou tudo? Tudo! A esse Deus?".

Vou retornar à casa de meu pai... "Pai. Pai?!"

— ... Pequei...

"Pequei? Pequei? Quando pequei? Quando? Antes ou depois de você me tirar tudo? Tudo tirar! Quando?"

Então voltou para a casa de seu pai (clap!).

"Casa... que casa? Há casa para um homem perdido? Há? Para um homem perdido".

— Quando ele ainda estava longe, (clap!) seu pai o (cof-cof-cof) — estacou nesse ponto, colocando a cabeça fora do alcance do microfone que se fixava em um pequeno e prateado suporte de ferro no alto do ambão. Cobriu a boca com o dorso da mão, abafando a tosse. — Perdão. É... é... Onde paramos? Perdão. Para...?...

— No vinte — sussurou-lhe o acólito, que, nesse instante, saindo do fundo do altar, aproximou-se do padre.

— Sim, muito bem. Vinte. É... O viu. Seu pai o viu. Isso? Isso. Cheio de compaixão, correu para o filho, o abraçou...

"Compaixão... compaixão... compai... xão... com-pai ".

— ... contra o céu e contra o se...

"Compaixão? Compaixão? Irreversível! Irreversível! Para sempre, perdido para sempre!"

— ... tragam a melhor roupa da casa e vistam nele (clap!).

"Não, não para mim, não para mim. Não, não sou como eles, não sou um hipócrita, não me afundo nas mentiras que crio para mim. Não, de modo algum, não. Nunca, nem hoje nem nunca. Nunca, nunca!"

— ... este meu filho – com o indicador em riste – estava morto e voltou à vida. Estava perdido e foi achado! (clap!)...

"Filho... meu filho... minha menina, minha menininha. Morto, morta, deveras morto. Perdido. Morto e perdido. Para sempre, para sempre. Achado... não foi achado, não, deveras não, não foi achado. Achado...".

— Palavra da Salvação!

— Glória a Vós, Senhor.

O sacerdote tirou da parte interna do corpo do ambão, aquela que estava aberta para si e virada para a assistência, um copo de vidro. Erguendo-o, levou-o aos lábios.

— Faz favor, alguém, uma água, por favor.

A ruiva alta e elegante, retinindo o som de seus saltos ao contato com o piso da nave a cada passada, veio até o ambão, pegou o copo que o sacerdote lhe alcançou, regressando ao fundo do prédio de onde havia partido.

O ressoar dos saltos da mulher voltaram a ecoar pelo interior da igreja. Aproximou-se do altar, devolvendo o copo, agora cheio de água, ao sacerdote.

— Obrigado, querida — agradeceu-lhe, bebendo o líquido. Voltou a esconder, quando saciado, o copo no corpo do ambão.

— Deus nos fala de diversas formas, sim. Nos fala de diversas formas, irmãos. Mas por quais caminhos andamos trilhando? Por quais caminhos andamos trilhando, irmãos? Caminhos de luz, caminhos de trevas? Eu lhes pergunto: por quais destes caminhos tens andado vós, irmãos? Por quais? Quanto pode um homem manter a consciência sobre o próprio caminho em que envereda? Quanto? Quanto pode um homem assegurar a si mesmo da sanidade de sua própria consciência? Quanto pode? Irmãos, não vos enganem, nem aos outros, nem a si mesmos: o abismo é seguinte à divisa com a trilha estreita em que se julga andar com autorizada segurança. A glória e a tragédia andam lado a lado, coirmãs e co-herdeiras, de modo que um homem nunca chega a receber os louros da vitória sem que chegue a conhecer os meandros terríveis da dor. Sim, irmãos — acentuou a sua voz —, sim, irmãos, e se a dor se nos apresenta, nós não fugimos a ela, mas, ao contrário, nós vamos ao encontro dela e fazemos dela nosso abrigo, a pedra angular sobre a qual Deus nos edifica o espírito e nos molda, nos molda a sermos homens, a sermos homens a lutar pela santidade que nos é oferecida, todos os dias, pelo sangue derramado na Cruz. E se as trevas vêm em nosso percalço, não tentemos escapar a elas, mas iremos ao encontro delas, de modo que a luz, a verdadeira e eterna luz brilha sempre com maior limpidez e com maior virtude dentro da escuridão, a ofuscando! Sim, sim, irmãos!

Nesse ponto do sermão sua voz se tornou ainda mais imponente, chegando mesmo a esbravejar as palavras que proferia.

— Não se deixem enganar, irmãos! Não, não, não! Não se deixem! O diabo nos convence não com arrancos, mas com sutilezas. O que temos feito em relação às investidas de nosso inimigo? O que temos feito, IRMÃOS? Nós assistimos horrorizados à barbárie, ao caos que nos assedia e nos rodeia de todos os lados, que nos assalta como um ladrão espreitando no escuro do meio da noite, esperando pelos nossos vacilos. De nossos lugares cativos de conforto, braços cruzados, decisões inertes, assistimos às investidas do mal, nos sufocando, nos sufocando, nos espremendo contra as paredes obscuras do medo que avança, tomando nossos corações! Depois, depois nos exasperamos, nos exasperamos de como vão as coisas! Exasperamo-nos quando algo escapa do pretenso controle que acreditávamos ter sobre as coisas que nos cercam, concebendo cada imprevisto como uma tragédia isolada... Isolada...?... Como?! Como pode ser isso? COMO?! Nós semeamos, nós plantamos isso! Nós cultivamos isto: o estado de calamidade em nossos corações! Permitimos que o diabo, pelas suas vertentes malignas, adentrasse nossos lares, exibindo-se como um profeta, como um mártir, como um ditador, nos vendendo ilusões, nos impondo pechas e ilusões. Permitimos, diante dos nossos O-LHOS... permitimos que adentrasse nossas casas, nossas salas, adestrando nossos FILHOS! Com leviandade os entregamos no altar da perdição, entregamos, com leviandade, sem que em nossa consciência nada pesasse em relação à nossa culpa. Nossa culpa! Sem constrangimento algum, permitimos que adentrasse e fizesse sua morada. Sacrificamos nossas crianças e nossas próprias almas a um culto maldito de ideias e pretextos malditos usados pelo mal, pelo mal, pelo MAL... para nos roubar a alma! Em nossos lares, em nossas escolas, em nossas praças, em nossas IGREJAS... no seio de tudo que tínhamos por mais sagrado, por mais certo, por mais verdadeiro e mais duradouro... Contemplando o mundo inteiro desmoronar sobre nossas cabeças, enquanto paralisamos instados por um pavor hipócrita, como se nada tivéssemos com isso. Estamos cheios e apodrecidos, estamos cheios e apodrecidos de um cinismo contagiante.

"Cinismo. Cinismo... sim, sim. Homens, homens. Um mundo inteiro. Inteiro. Animais, animais. Um mundo inteiro. Perdição. Perdido. Um homem perdido. Um mundo inteiro perdido".

O sacerdote, nessa altura, vertia suor tanto do alto da testa, caindo-lhe pelo rosto, como de todo o corpo, como se podia notar pelas pregas de sua casula que se apegavam, tornadas grudentas, à camisa e à pele. Tirou os óculos que costumava utilizar para as leituras. Aumentou ainda mais seu tom:

— Toda essa petulância, toda essa imundície, toda essa perversão vão contra a Cruz, e são rebatidas na Cruz, se extinguem como um fogo débil, todas consumidas por esse outro fogo devorador que está em Cristo e que em Cristo tudo renova, tudo faz renascer, tudo redime. Um Cristo que estende Seus braços para a nossa condição... vil, que nos acolhe, que nos resgata, de nós mesmos, de tudo o que nos faz tropeçar, que nos livra do profundo abismo em que estávamos dispostos em nossa loucura a enveredar – um caminho sem volta. A nossa luta, a nossa luta, irmãos, nossa luta é contra potestades e principados; nossa luta é contra todo o tipo de mal e todo o maligno que se nos assalta das mais diversas formas; nossa luta... nossa luta é contra a BARBÁRIE! Nós necessitamos, mais do que nunca, o nosso século, o nosso tempo, nossas almas, o mundo inteiro clama por uma nova, por uma verdadeira revolução... Uma revolução efetiva da Cruz... Da Cruz! Não apenas um gesto ritual, mas uma purgação que santifique e restaure nossas mentes, nossos corpos, nossos corações e nossas ALMAS de toda essa imundície ideológica que nos separa e nos impede de alcançar o que realmente somos, aquilo para o que realmente fomos feitos: sermos homens, HOMENS, SERMOS HOMENS E NADA MENOS DO QUE HOMENS! Estendamos o perdão que Cristo nos oferece por meio de seu sacrifício santo. Estendamos para nós mesmos este perdão, estendamos para o mundo inteiro este perdão como uma chama de remissão de nossos pecados. Renasçamos das cinzas, irmãos! Renasçamos das cinzas, homens! Voltemo-nos à casa eterna de nosso Pai!

Encerrou o sermão, deixando o ambão. Tomava a direção da mesa eucarística quando Scheffel saiu do fundo da nave, dentre as últimas fileiras de bancos em que estava, indo ao encontro do sacerdote, indicando-lhe a clara intenção de lhe comunicar algo inadiável. Quando se aproximou, falou-lhe algo ao pé do ouvido, ao que, de imediato, o sacerdote dirigiu o olhar para o homem sinistro parado à porta de entrada da igreja. Encarou-o por muito tempo, como se nisso quisesse transmitir ao homem alguma severa lição que, pareceu ao professor, ter relação ao conteúdo da pregação que acabara de explanar aos fiéis.

"Ele me encara. Encara! Sem pestanejar. O que ele diz... Sentido... Um homem... Não, não. Um homem. Sentido... Um homem busca sentido. Sim, busca. Mas onde o encontra? Não o encontra, em lugar algum o encontra. Não, não. Ele me encara, me encara, com que sentido? O que ele... o que ele... Ele sabe. Ele sabe! Como ele sabe? É isso que o olhar dele quer dizer: que ele sabe. Sabe! Como? Como?".

Não suportou o olhar penetrante do sacerdote, que parecia, somado às palavras do sermão, que soaram ao homem como uma advertência exclusiva para ele, insinuar que ele sabia o que de tão tenebroso se passava em sua mente. Dispersou-se da vista do sacerdote como um criminoso que, na tentativa de não ser descoberto, foge da cena do crime. "Mas que crime?", pensou. "Que crime?", perguntava a si mesmo enquanto deixava o átrio de entrada da igreja. "Que crime?", perguntou-se novamente. "Há crime nisso? Qual? Não, não há crime quando não se comete nada contra outra pessoa, não há. Não há...?... Há?". Percebera oscilar sua convicção, e quanto mais oscilava, mais rápido procurava se afastar daquele lugar. "Há? Há ou não há?". Virou-se na direção da porta pela qual acabara de sair, avistando o sacerdote prostrado, de braços cruzados na frente da barriga, encarando-o outra vez com aquele mesmo ar de advertência com que lhe encarara dentro da igreja ainda antes. "Não, não, senhor, não, fique com o seu perdão, fique com o seu perdão. Não há, não há!".

Não havia perdão para ele, portanto, não havia a genuína possibilidade de perdoar.

Deu as costas outra vez ao sacerdote quando ouviu, numa voz clara e retumbante vinda da porta da igreja:

— Um crime! Um crime!

De modo algum ousou virar-se para encarar a personagem da voz que lhe atirava a acusação.

— Um crime! Um crime! — repetiu com ainda mais ênfase a voz.

"Não, não, não! Não há crime, não há. Fraco, fraco, fraco! É necessário, mais do que necessário: indispensável. Irreversível. Irreversível!"

Venceu o aclive da ruazinha, perdido em seus devaneios.

IX.
O retorno

Mateus 26:69-75
Romanos 12:5

Quando se aproximou da "Igrejinha", não desejava de modo algum ter de encontrar outra vez o senhor Richter – ainda mais depois de toda aquela algazarra que se passara em frente ao bar. Atalhou pela esquerda, nos fundos da "Igrejinha", onde uma trilha aberta dentro de um bosque levava direto ao trevinho de acesso à Vila.

Já ia ultrapassando a parte dos fundos do edifício quando uma porta se abriu, pela qual fora saindo o volumoso senhor Richter. Virava o seu grosso pescoço para trás, mantendo um diálogo com um interlocutor que não se podia enxergar de fora do prédio. De dentro do quartinho se emitia para o exterior uma luz amarela e fosca. O velho havia parado debaixo de um pequeno toldo que cobria a porta, atrapalhando-se ao tentar recolocar o cinto nas passadas de sua calça.

— Mas que porcaria! Até nisso conseguem complicar hoje em dia.

— Calma, amorzinho. Quer uma ajudinha, quer? — ouviu-se uma voz de mulher soar dentro do quartinho.

— É, acho que nisso vou precisar também da tua aju... — cortou a frase quando, erguendo a cabeça, atentou para a presença do professor. Este, sentindo vergonha pela vergonha do velho, baixou a cabeça, seguindo silenciosamente o caminho da trilha, como se não percebesse o conhecido ali, com aquela mulherzinha e o tipo de situação em que se dispunham colocar.

— Hei, depois nós podemos ir beber uma coisinha lá... — saiu a mulher para debaixo do toldo.

— Shhhh! Cala a boca, mulher! — xingou-a o velho, deixando-a parada ali, sozinha, sem entender nada da situação. Subiu, em passos rápidos, o que nunca fazia, pela calçada lateral do bar, chegando à frontaria.

O professor ouviu a mulherzinha o chamar:

— Hei, você aí, eu vi quando você ficou me olhando lá em cima. Vi sim. Eu saco tudo, querido. Hei, vai aonde? Espera aqui, amor. Espera! Não quer aproveitar a chance, não? Vem, pode vir. Eu não entrego clientes, nunca entrego, amor. Hei, garanhão, vem!

"Animais, todos animais. Homens... que homens? Que homens? Aquele Cristo... Aquele Cristo, não importa se ele foi quem diz que foi, não importa de nada. O maior tolo da terra, o maior tolo que já existiu, que já pisou na terra, sim! Morrer para garantir a vida de alguém? A vida desses homens? Morrer por isso, por uma vida que seja?!... Não, nunca valeu a pena, não vale a pena, não vale uma única vida, uma única vida. Não, não, não!"

"Remissão e redenção: não, não há. Irreversível. Irreversível! Sim, ele disse: metástase. Irreversível. 'Não há muito que se possa fazer em relação. Sinto muito!'. Todos sentem, todos. Definhando, definhando lentamente, já se tornando a sombra do ser que fora um dia. Seus ossos triturados, um espantalho, um saco de ossos implorando pela vida. Sucumbindo, sucumbindo. Não, não deveria deixá-la sozinha naquela noite, não. Mas eu estava exausto... Meses... meses após meses numa cadeira de hospital. Uma luta contra a morte, contra essa morte que nos leva tudo, que destrói a tudo: nossos sonhos, nossas esperanças. Não, não: no caso dela, sim, sim. Mas, no meu caso, é a liberdade. Sim, a liberdade. Não há outro jeito, não há. É necessário. Ela gritou, sim, ela gritou, SÓ, só como um cão, berrando na hora da morte, eles disseram, sim, eles contaram. Gritava pelo meu nome, e eu não estive lá! Não estive. A salvaria? A salvaria então? De que jeito a salvaria? De que jeito a livraria, de que jeito?!"

"São todos animais. Todos condenados. Todos merecem, todos se merecem. Todos, todos, sem exceções. Que vão todos para o inferno! Todos!"

"Mas ela estava serena, como se houvesse encontrado alívio, uma paz derradeira. Tranquila no altar de seu féretro, o seu aspecto proclamava a nós, a nós, os vivos, que éramos nós os dignos de piedade[48] e não eles, os mortos, que

---

48 *The Hollow Men, Part.I*, T.S.Eliot.

encontraram a paz no outro lado da existência. Sim, serena, tranquila e serena, como um... como um...".

Um automóvel, reduzindo a marcha, de faróis acessos, estacionava no acostamento poucos metros à frente de onde caminhava o homem, que, a essa altura, já havia deixado o trevo da Vila e percorria a autoestrada, fazendo o percurso inverso daquele do final da manhã. Dentro, uma moça de aparência jovem, pele clara, em que ressaltavam a vermelhidão das bochechas, de cabelo louro-palha e, pelo que se via do colo, um tanto encorpada, sentava-se no assento do condutor. Na carona, uma mulherzinha miúda, também encorpada, de cabelos castanho-claros que não iam além dos seus ombros, e de uma fisionomia ainda que séria, um tanto débil, como se sofresse de alguma doença ou de alguma debilidade.

— Professor, oi, professor — chamou-lhe a moça.

— Professor, o senhor vem da Vila? Veio da Vila agora? — perguntou-lhe a senhora, inclinando-se para frente no banco, de modo a ser vista pelo homem que as olhava pela janela aberta do motorista.

— Si... sim, sen... sim, venho, senhora — respondeu.

— Tá tudo certo com o senhor, professor? — questionou-lhe a senhora estranhando o aspecto de pavor e confusão do homem, que se atrapalhava em pronunciar simples palavras. — O senhor andou machucando a mão? Já viu isso?

— Tudo... sim, tudo certo. Não, não é... é nada.

— Por acaso, não viu o Pedro? — perguntou-lhe a senhora.

— Pe... o Pedro? — pareceu não compreender o que lhe solicitavam.

— O Pedro... o... — quando finalmente pareceu ter entendido a quem se referia aquela senhora, a moça lhe encarou com os olhos arregalados de susto, típicos daqueles que se veem diante uma revelação indesejada, visivelmente transparecendo com isso o desejo de que ele, o professor, escondesse da mãe a verdade.

— Não... não, senhora, não vi o Pedro, não.

— Que coisa! Ele saiu bem cedo de manhã. Foi levar um boizinho desmamado. Vendeu, disse que vendeu, e ia entregar, só entregar. Mas até agora não apareceu, ainda não voltou pra casa. O Barbosa que trabalha com nós lá embaixo, ele viu o Pedro saindo com um fardo lacrado de bebida, colocou em cima do banco. O senhor sabe da minha, da nossa preocupação, entende, professor? Sair por aí... bebendo desse jeito... O homem não tem mais nada de juízo na cabeça — desabafou a esposa do senhor Richter.

— Tudo bem, mãe. Vamos procurar lá na Vila — disse a moça, procurando tranquilizar a mãe, que entrava em um estado de nervos. Levantou os olhos para o homem antes de dar partida no motor, assegurando-se da cumplicidade entre ambos.

— Tá tudo certo mesmo, professor? O senhor parece um pouco... assusta... — insistiu a senhora, deixando de lado, por um momento, a preocupação com o marido enquanto a transferia para com o professor.

— Tudo certo — respondeu-lhe de imediato, com receio de que daria motivo para que a desconfiança da mulher aumentasse ainda mais.

— Vai cair chuva, professor, o senhor precisa... — antes que a senhora terminasse a frase, interrompeu-a a filha:

— Nós precisamos entrar na Vila atrás dele; mas, depois, depois, na volta, nós te damos uma carona, certo? — disse a moça, ligando o motor e colocando o auto em movimento.

O professor fez apenas um aceno de cabeça, seguindo em frente, enquanto as mulheres tomaram o rumo da Vila.

"Pedro. Vê-lo, falar com ele. A menina, a filha, ela sabe, claro que sabe. E tenta proteger a mãe de mais um sofrimento, mais um dos tantos sofrimentos de uma vida inteira de sofrimentos por causa das loucuras dele. Sofrimento, sofrimento".

"Os homens estão destinados a infligirem as maiores dores uns aos outros, como a si mesmos. E tudo isso, tudo isso se não pelo orgulho que os move e que os consome, no final, sempre exigindo mais, mais e mais, até que nada sobre, até que tudo se destrua, tudo se consuma, tudo se arruíne".

Todos eram cínicos, todos estavam revestidos dessa farsa de que tudo decorria bem, tudo como o planejado? Todos estavam tão seguros de si mesmos, tão seguros de tudo. "Em aparência, apenas em aparência!" Todos eram conscientes dessa representação, desses papéis forjados que sustentavam cada um o seu. Mas todos sabem que um mundo inteiro construído assim sobre uma ilusão, do dia para a noite, estava condenado a ruir do dia para a noite. "É importante, é demasiado importante não pensar nisso, não se arriscar, não se ater a isso... Desespero, o desespero. Irreversível. Todos estão enganados. Todos sabiam enganar. Todos sabiam que enganavam e que eram enganados. Tudo é enganação, tudo sórdido, tudo farsa, tudo malogro. Eles são farsas, eu sou uma farsa. Sim, sou. Irreversível. Uma farsa seguindo outras farsas. A sombra de uma sombra. O desperdício. Pactuamos todos com esse acordo mudo? Quando isso se deu? Todos pactuamos com esse acordo, todos. Sem exceção".

"Irreversível. Ir-re-ver-sí-vel!"

Estavam todos loucos? Todos loucos? Ou afundados todos no mesmo charco de cinismo, assentindo com o crime, as mentiras e as vergonhas uns dos outros? Todos presos a um emaranhado de ilusões? Todos? Todos metidos nas próprias conveniências que criavam para si? Todos cedendo às mentiras que criavam para si, suspendendo pouco a pouco os freios da consciência, debilitada, morta, morta! Não poderia mais escapar da farsa e da ilusão. Quem restaria lúcido ainda para dizer o contrário? Alguém?

Alguma mente e alguma alma sã ainda para dizer o contrário? Estavam todos absortos nos seus devaneios de luxúria. Estavam contaminados pela imagem ilusória que faziam de si mesmos. Quem poderia ainda sustentar em si um pingo de lucidez para então protestar contra essa loucura? Seria um homem são ouvido pela assistência de um hospício? "Seria? Loucos, todos loucos, tudo falso! Todos cínicos. Nada valia nada. Tudo é pouco. Nada!"

Se havia alguma esperança, que lhe mostrassem! Porque assim como a um cego era impossível deslocar-se no mundo de trevas em que estava encarcerado, não menos impossível era para um homem em cujo coração apenas cultivara sombras e ódio encontrar a luz. Que lhe mostrassem! Que lhe mostrassem, enquanto seu coração ainda estivesse aberto a alguma esperança, à possibilidade de alguma esperança. Estaria? "Havia alguma esperança ainda? Que me mostrem essa esperança, me apontem para ela, digam o seu nome, digam!"

E do mais profundo do seu desespero, clamou por algo que lhe salvasse da sua miséria e do seu desalento. Porém, para onde quer que direcionasse seu olhar não reconhecia nenhuma esperança, devolvendo-se-lhe em resposta aos apelos do seu desespero, do seu profundo desespero, um silêncio de morte que carregava em si o vazio da inexistência e a falta de sentido.

"Então a morte, sim, a morte acaba com tudo. Não haverá mais dor, nem sofrimento, nem mesmo angústia". Seus pesadelos estariam findos, estaria enfim liberto da legião de demônios que habitavam em sua alma. Seu castigo e a tortura de uma vida toda de dores estariam pagos. "Sim, a morte encerra tudo". Ele estaria livre, correria desimpedido rumo à liberdade.

Ouviu algo agitar-se no meio de uma moita de capim. De repente, uma serpente enorme deslizou para a beira do asfalto, parando diante de seus pés. Abriu a sua boca, mostrando seu dente afiado. A boca fora se alargando, se alargando, até tornar-se uma esfera gigantesca. O animal sibilou a sua cauda. Fez um movimento brusco em direção ao homem, procurando dar-lhe um bote que o engoliria por inteiro. Ele correu, correu tomado de pavor.

Quando enfim, havendo corrido mais de uma centena de metros, sentindo-se cansado e sem fôlego, virou-se, averiguando se a serpente o houvera seguido.

O sacerdote, de braços cruzados no meio do asfalto, o encarava com seus olhos negros e severos, aqueles olhos que carregavam uma advertência para ele: "um crime! Um crime!".

Tornou a correr. À sua frente, uma multidão de pessoas se espalhava pela estrada, até que seu caminho ficara trancado[49]. À frente da multidão, a esposa, carregando um bebê nos braços, que não sinalizava vida, o encarava com olhos tristes, desconsolados. Empurrava o bebê sem vida para frente do corpo, como se quisesse que o marido pegasse a criança.

Entre a multidão fora distinguindo os pais, a irmã, o cunhado, os sobrinhos, os vizinhos, especialmente os Rech, o velho e o novo Kuhn, o velho Steiner que havia estourado os miolos há mais de quarenta anos, os meninos da quadra de esporte, as ilustres senhoras, a proprietária do bar, a mulherzinha da tatuagem e seu parceiro, Tonho, o senhor Richter, o Scheffel, a esposa e a filha do senhor Richter e uma infinidade de outros seus conhecidos, além de inúmeros outros homens, mulheres e crianças que nunca havia visto em toda sua vida, apresentando estes as mais diferentes etnias, vestidos das mais dessemelhantes roupas, como se pertencessem às mais diversas épocas da História. Encaravam-no todos com o aspecto comum de interrogação, como se lhe solicitassem alguma satisfação sobre as escolhas que havia tomado quanto ao rumo da própria vida.

O jovem elegante do sonho, abrindo espaço entre a multidão, surgiu. Fez apelos com a mão para que o homem o seguisse. Ele correu atrás do guia.

Correu. E ao chegar à velha estrada, no ponto em que afluía ao asfalto, dobrou à direita. A noite já caía no horizonte, e com ela, a ameaça de chuva.

---

[49] *A vida intelectual, Parte I, capítulo I – O intelectual é um consagrado*, A. -D. Sertillanges.

X.
O sorriso

João 3:20

Já ia passando pelo casebre abandonado quando o jovem elegante, apontando a direção de onde a havia escondido, o lembrou da corda.

Regressou alguns passos, adentrando o pátio tomado pela capoeira. Quando pisou no primeiro degrau da escadinha que levava à porta da frente, a tábua cedeu, partindo-se pela metade, o que o fizera tomar cuidado a cada passo que efetuava pela área. Puxou a maçaneta enferrujada da porta, ajuntando de trás dela a corda.

Nesse momento, uma das janelas escancarou-se, e um velho de aparência horrível surgiu. Tinha o escalpo todo dilacerado, de onde escapavam flagelos do cérebro, e de onde o sangue escorria pela testa abaixo. Com uma das mãos fazia a mímica de uma arma que apontava para a própria cabeça. Gargalhava a plenos pulmões.

"O velho Steiner! Mas ele está morto, há muitos anos está morto. Morto!"

Assustado, voltou para a estrada, deixando rapidamente o velho casebre para trás.

Achegava-se ao grande pinheiro prostrado à beira da estrada quando percebeu os Rech, pai e filho, ainda a semear o milho. "Não há jeito, não há". Fez todo o possível para não ser notado pelos homens que poderiam com facilidade vê-lo do alto do barranco. "Próximo à encosta, fico encoberto. Sim, fico encoberto, eles não conseguem me perceber".

Andou muito próximo à encosta, na intenção de que os vizinhos não o vissem cruzar pelo caminho. Já se felicitava de passar-lhes despercebido quando notou a menininha, parada junto à borda do barranco, abanar-lhe uma das mãozinhas, enquanto lhe sorria inocentemente.

Aquele sorriso fora para ele como um insulto, como uma verdadeira zombaria. Todo apelo, toda a demonstração, por menor que fosse, mesmo o despretensioso sorriso de uma criança inocente, todo apego à vida, fosse o que fosse, parecia a ele um ultraje, uma ofensa imperdoável. Como poderia alguém sentir apreço por qualquer coisa que fosse, num mundo em que só havia trevas recobrindo tudo? Como poderia alguém sorrir ainda quando tudo era ruína e tristeza?

"Não, não. Tudo morto, tudo perdido. Para sempre. Para sempre!"

Desejou ardentemente que tudo e todos estivessem mortos, que o mundo inteiro estivesse morto. Não havia em nada sentido, nem beleza, nem verdade. Apenas o perverso. Se houvera outrora algo de bom em si e algo pelo qual valeria a pena continuar a vida, estava definitivamente extinto para ele. Ele mesmo estava morto. "Sim, morto! Irreversível!". Estava morto, porque, na atitude diária de assassinar o mundo ao seu redor, preparava ele o seu próprio leito de morte. Precisava, "era indispensável, necessário, mais do que necessário, indispensável", matar o mundo inteiro ao seu redor, e não apenas o mundo inteiro ao seu redor, não apenas as coisas presentes que constituíam o seu mundo, mas as coisas que existiam apenas no interior de sua alma, sejam as lembranças, sejam os desejos, sejam os sonhos, sejam as emoções, e mesmo tudo aquilo que nem viveu, ou seja, toda e qualquer perspectiva sobre o que poderia ainda viver e que já havia assassinado também, de maneira prematura, em seu coração, matar o mundo inteiro para poder matar a si mesmo no final.

Olhou com desprezo para a inocente figura que o observava com curiosidade no alto do barranco. Depois, virando o rosto, atendeu aos apelos do jovem elegante que o precedia pela estrada. Passou pela entrada principal da propriedade dos Rech, onde uma fileira de eucaliptos marcava a estradinha de acesso. Seguiram por mais um quilômetro, o relevo da estrada em ascendência gradual, até que alcançaram um ponto em que toda a região se abria numa vista ampla, quilômetros por quilômetros, muito além do que a visão de um homem poderia alcançar. Do lado esquerdo da estrada, se abria uma pequena lavoura, onde haviam colhido o milho recentemente – aquele mesmo pedaço de terra que havia vislumbrado à distância pela manhã desse mesmo dia, e ao qual lhe impedira de chegar, pela manhã, o encontro inoportuno com os vizinhos. Poucos metros se caminhavam por sua extensão até que a superfície fosse cortada por um declive muito acentuado, sob o qual a lavoura cultivável continuava, lá embaixo, em terreno plano. No centro desta pequena lavoura, um rabo-de-bogio amarelo, estendendo seus ramos e galhos enormes, imperava sobre todo o espaço.

XI.
"Irreversível"

1 Timóteo 4:1
Mateus 9:36

Ali, nessa porção de terra, à sombra do imenso rabo-de-bogio, havia alguns anos, pedira a esposa em casamento. Era um pôr do sol daqueles memoráveis, que se juntam como cenário ideal às nossas lembranças mais caras condizentes às nossas experiências mais caras.

Lembrou-se de como, recostados ao tronco da árvore, contemplando aquele magnífico pôr do sol, uma borboleta, em cujo corpo se alternavam listas em amarelo e preto, pousara sobre a ponta do nariz da noiva. Ela, encantada com a singeleza do inseto, com gestos delicados visando não espantar o animal, passou-a para o dorso da mão, ficando a contemplar-lhe a beleza. Lembrou-se de como ela, a noiva, estendendo seu olhar já por natureza tão brilhante, intensificado então pelo encanto do momento e da vista, dizia-lhe, cheia de estupor: 'Você consegue acreditar que o criador de tudo isso sabe nosso nome? Consegue acreditar nisso? Consegue acreditar que ele não apenas sabe o nosso nome, mas que nos ama, que fez cada um de nós com um amor incondicional, e que nos chama para provar deste amor que tem para cada um de nós? Acredita?'. 'Sim', ela disse sim ao pedido dele. Estava radiante, tomada de felicidade. E parecia a ele, recordava agora, que nada, nem naquele momento nem em momento algum posterior, nada os furtaria daquela aura de felicidade que os envolvia e que ele acreditava infinita.

Mas eram outros tempos, e como tudo em outros tempos, estava morto para ele. "Irreversível".

Colunas inteiras de nuvens caliginosas eram varridas por um vento que começava a soprar sua raiva. No zênite, para além da fronteira, raios descarregavam seus saibros de luz sobre a terra. Mais à frente, as frinchas do sol, que adormecia agora sobre o acolchoado das nuvens, as perfuravam ainda, como flechas em cristal cortando, esbranquiçadas, o volátil do azul-turquesa. Ao derredor daquela esfera gigante de fogo, o rubro de seu calor e o roxo véu das chuvas insinuantes mesclavam-se, dando a impressão de um quadro impressionista, do qual a genialidade de um pintor anônimo fixara em uma verdadeira obra de arte da natureza.

Escorou-se no tronco da árvore, assim como o fizera na companhia da esposa naquele dia que se tornou sagrado para ele. Lá embaixo, distante, onde a terra se aplainava, um tratorzinho marcava seus movimentos por uma pequenina coluna de fumaça que regurgitava do cano de descarga. Logo ao lado da terra em que se locomovia, espalhando veneno das pontas das hastes fixadas em sua traseira, uma casinha, à qual acabava de chegar um carro. Desceram dele duas ou três silhuetas, descarregando mercadorias do porta-malas. Depois, cruzando o pátio, entraram na casa.

Tudo estava tranquilo, tudo estava sereno, em nada se apercebendo um cenário de morte. O mundo seguia seus giros ininterruptos, não se dando ao luxo de parar um momento que fosse para lamentar a morte, mais outra pálida morte de um homem qualquer.

A esposa surgiu diante dele, com seus olhos intumescidos pela tristeza e pelo desconsolo; carregava nos braços um bebê sem vida, oferecendo-o ao marido.

"Nem mesmo veio à vida, e já partiu. 'Hipoplasia', eles disseram. Seu coração era pequeno para aguentar a vida, todo o peso da vida. 'Ela não resistiu, infelizmente'".

"Irreversível. Ir-re-ver-sí-vel!"

Sentiu-se desabrigado, inteiramente desabrigado. Cavara fundo em seu abismo de solidão e de egoísmo, acreditando que só a si e tão somente a si recaíam as dores e os sofrimentos comuns à existência de todos os homens. E esse abismo lhe tragava cada vez mais, exigindo cada vez mais de sua alma, até que se entregasse em definitivo a uma escuridão da qual não havia volta.

Estava distante de Deus, estava distante dos homens. E apesar de intuir que as exigências de sua carência, do seu desconsolo, do seu desespero e de sua solidão solicitassem algo muito maior do que a falta da esposa e da filha mortas, a falta dos tempos idos e para sempre perdidos, a falta da própria esperança na vida, em qualquer aspecto da vida, por algo muito mais elevado, muito mais completo, muito mais perfeito, não o conseguia alcançar a sua alma, tomada de trevas como se achava."Os mortos nunca regressam à vida. Arrastam pedaços de nós quando partem".

Miúdas constelações vibravam seus focos de luzes por todos os lados, assemelhando-se a visagem a cristais que compõem a coroa de uma imperatriz, oscilando aquelas à imposição da distância, assim como as chamas dos círios de um candelabro à passagem de uma brisa repentina. Formavam núcleos de cidadezinhas que se espalhavam pelos espaços desmesurados daquele deserto infinito: ao norte, Esperança; ao oeste, Portela; ao leste, Tiradentes e ao sul, a Vila conjunta da cidade de Três Passos.

Pensou no que faziam os homens daquelas cidadezinhas naquele exato momento; pensou se haveria, em alguma daquelas cidadezinhas algum outro homem, assim como ele, diante de uma corda, prestes a encarar a morte e se entregar a ela de livre e espontânea vontade; pensou se haveria ao menos algum homem naquelas cidadezinhas cogitando a possibilidade, assim como ele havia cogitado essa possibilidade ao longo de tantos meses até o dia presente, de entregar-se à morte. "Talvez, talvez... Amanhá ouvirão falar de um homem, de outro homem que perdeu a vida... não, que escolheu perder a vida... tanto faz. Outro homem qualquer. Apenas um número e um nome vago para uma nota vaga num jornal qualquer, uma nota a mais dentre outras tantas notas sobre mortos numa emissora de rádio qualquer. E depois... depois... depois, o esquecimento... para eles e para mim. Como se nunca houvesse nem mesmo existido. Apagado por completo da existência. O esquecimento. Nada mais. Nada. Absolutamente nada".

Pensou, por último, em como os homens desperdiçavam suas vidas como se nada valessem, como se as pudessem reaver de qualquer forma em qualquer tempo, como uma vontade ou como um dom sobre os quais possuíam absoluto controle. "Não havia mais a vida e a morte? Os homens se esqueceram, principalmente, da morte? Vivem como se a ela fossem invulneráveis, como se houvessem conquistado a imortalidade". Ressurgiu em sua mente a imagem daquela multidão espalhada pelo asfalto, qual lhe encarava com olhares interrogativos. Pensou na multidão, uma verdadeira multidão, que havia, assim como ele, desperdiçado a própria vida. "Mas e daí? E daí? Não há nada que se possa fazer em relação a isso. Nada mais. Apenas... apenas... aceitar apenas, e... e... Sim... sim...".⁵⁰

O jovem elegante ressurgiu à sua frente, retendo a corda em uma das mãos. Seu aspecto era de todo sereno, de todo tranquilizador, como se transmitisse ao seu pupilo a garantia de que tudo estaria bem dali a poucos minutos, bastando apenas uma ação, bastando apenas um último ato de coragem. "E então... Então, a liberdade. Sim, a liberdade!".Chegara a hora.

---

50 *Inferno, Canto III, 55-57, A Divina Comédia*, de Dante Alighieri.

XII.
A corda

1 Pedro 5:8-9

Do sol apenas réstias ainda se sustentavam num céu quase agora de todo tomado pela imensidão das trevas. Dentro de poucos minutos a noite cairia como um véu espesso sobre o mundo dos homens, encerrando outro dia. Trovoadas ressoavam de todos os lados, dando a iminência da chuva para qualquer momento.

Um vento frio cortava, como um gládio gélido, toda a vastidão do vale, redobrando de vigor nos nichos mais altos e desprotegidos.

A noite trazia em suas reentrâncias notas melancólicas que se esticavam largamente sobre toda a natureza. O arpejo dos pássaros e os pios das corujas, arrastados pelo sopro do vento, num *crescendo*, entre intervalos descompassados, ousavam infligir inadvertido e dissonante contraponto sobre o cenário de um fantasmagórico silêncio, rebelando-se contra aquele luto velado e nostálgico.

Prendeu a corda, enrolando-a por dentro de uma das passadas da cinta. Rodeou o tronco grosso da árvore, à procura do melhor lugar em que pudesse escalar. Encontrando-o, firmou uma das mãos em um nó do tronco, a mais de um metro e meio das raízes e, empurrando com os pés que se aderiam à casca rígida da árvore, impulsionou o corpo até o galho mais baixo. Partindo deste, alcançou o segundo, um galho muito grosso e muito alongado, acima do solo mais de três metros. Sentou-se sobre ele e, deslizando por sua extensão, aproximou-se da ponta. Sacou a corda da passada da calça em que a havia prendido, desfazendo as voltas. Passou uma das pontas pela circunferência do galho, enquanto a ponta oposta envolveu-a em torno do próprio pescoço, prendendo-a com um nó.

O vento redobrou sua fúria, enquanto trovoadas rugiram cortando o céu como verdadeiros ecos das ameaças de um monstro. Uma chuva torrencial começara a cair repentinamente. As constelações de cidadezinhas foram se apagando em meio à borrasca, até que tudo restou na mais fechada escuridão.

Do outro lado da estrada, muito distante, para além das lavouras e da autoestrada, um raio fez alumiar o campanário de uma igreja, sobre o qual se pode ver, alteada como uma espada reluzente, uma grande cruz.

O raio extinguiu-se, imergindo a cruz no seio das trevas.

O jovem elegante ressurgiu. Sentado na extremidade do galho, sorria – um sorriso de todo tranquilo. Fazia sinal com uma das mãos para que o homem pulasse do galho.

"O diabo nos convence não com arrancos, mas com sutilezas".

Ergueu os joelhos, que tremiam ao buscar o equilíbrio, ficando de pé sobre o galho. Cerrou os olhos e saltou.

XIII.
O acusador

Apocalipse 12:10
Salmo 18:6

Uma pressão terrível fechava-se em torno da garganta, impedindo que respirasse. O coração batia agora de todo descompassado, enquanto sua visão se tornava turva. Por mais que desejasse, não podia mais formular pensamento algum. Sentia que a vida lhe escapava; e, se ainda algo dentro dele quisesse preservá-la ou mesmo retomá-la, já lhe parecia impossível.

O jovem elegante assistia ao homem suspenso a balançar como o pêndulo de um relógio numa corda presa ao galho de uma árvore. De repente, o que ainda pôde perceber o homem suspenso, a aparência do jovem elegante foi-se metamorfoseando: seus cabelos lisos e penteados se tornaram espessos e desgrenhados; do rosto começaram a cair escamas, ao que se revelaram rugas profundas cavadas em seu rosto que, de altivo e sereno, passou a vulgar e inquieto, dando a impressão de que o movia uma insatisfação irrefreável; gargalhava à solta, emitindo um chiado agudo e sibilante, deixando à mostra os dentes, antes tão alvos como o algodão, quase todos podres ou muito amarelecidos. Saltava sobre o galho como um símio, contorcendo-se todo de prazer.

"O diabo nos convence não com arrancos, mas com sutilezas".

Dali a pouco, dependurou-se de ponta-cabeça no galho, sustentando-se pelas pernas, assim como o faria um morcego; acenava para o homem suspenso, ao que exibia suas garras de unhas compridas e afiadíssimas, enquanto nos seus olhos, dilatados como os olhos de um társio, parecia haver se acendido um incêndio voraz. Escancarou a boca, de onde ainda se emitia uma gargalhada aguda e sibilante, pela qual saíram vespas maiores do que uma laranja, que se colocaram a ferroar o homem suspenso.

"Não, não, não! Por favor, não! Salve-me! Não!"

— Me salve! — ouviu-se um grito de profundo desespero, abafado pelo marulho ensurdecedor da tempestade.

Um raio explodiu logo acima da copa da árvore.

XIV.
O raio

João 6:44

Sentiu uma pressão enorme o puxando para baixo. Quando colidiu com o solo, todo o seu corpo parecia inexistente. Quando, mais tarde, tentara lembrar-se do que acontecera naquele momento, parecia-lhe a ele que havia saído da vida por inteiro, desconhecendo de todo por onde andara nesse ínterim. Certamente, havia perdido a consciência, ao menos, por um breve instante.

— A corda! — ouviu alguém lhe sussurrar através das bátegas da chuva.

— A corda! — reconheceu a voz da esposa.

— A corda — chegava-lhe cada vez mais nítida e sonora a voz da esposa.

— A corda, João, acorda! — ouviu uma voz estrugir junto de um trovão que irrompeu no céu.

Levantou-se às pressas do chão, sentindo ainda uma pressão terrível em torno da garganta. Desfez o nó da ponta da corda, retirando-a do pescoço. Olhou para trás, vendo um comprido e grosso galho derrubado no chão.

Compreendendo que um raio o havia partido, saiu correndo rumo à estrada.

Correu, correu, correu. Correu como nos tempos da infância, em noites de tempestades, nas quais trovões irrompiam como estrugidos de monstros terríveis que ameaçavam invadir-lhe o quarto, procurando o abrigo seguro da cama dos pais, que sempre o recebiam se apiedando de seus acessos de medo. Juntava em si toda a coragem precisa para ultrapassar o corredor, "aquele terrível corredor" em que se abria uma janela enorme de vidro, contra a qual os raios quebravam, parecendo a ele, a criança tomada de pânico, verdadeiras garras de monstros terríveis que iriam devorá-lo.

Correu, correu, correu, compreendendo finalmente pelos caminhos sombrios por que havia enveredado, a quais pensamentos sombrios havia cedido, o ato terrível que havia cometido.

Sentia todo o seu corpo latejar de dor por causa da queda. O ar lhe faltava, apesar de todo o esforço que empreendia em recuperá-lo. Uma pressão enorme fechava-lhe a garganta.

Não havia ainda atingido a entrada da propriedade dos Rech quando focos de luz lhe ofuscaram a visão.

XV.
Luzes na tempestade

Jó 3:1-26
Marcos 8:31-33

Uma silhueta imersa no seio da escuridão apontava-lhe o feixe de luz de uma lanterna que cortava as pesadas bátegas da chuva.

— *Hey, wer ist da? Wer ist es*[51]? — ouviu-se irromper uma voz abafada pela chuva. "Não consigo falar. Que dor! A garganta está fechada, inteiramente fechada".

— Hei, é tu, é o senhor, professor? — questionou-lhe a voz, reconhecendo-o ao aproximar a lanterna do rosto do homem.

"Sim. Estão me procurando? Estão me procurando. Mas, como? Já ficaram sabendo? Como? A menina... A menininha... ela deve ter visto a corda na minha mão... Sim! Eu me esqueci de esconder, esqueci. Deve ter contado para os pais, para o avô... Agora estão todos me procurando pelas redondezas. Não adianta fugir, não adianta. Vou ter que confessar, não há jeito. Sim: todos irão saber. Mas não há jeito, não há...".

— Hei, professor — chamou-lhe a atenção aquela mesma voz —, tá ajudando a procurar, hein?

"Procurar? Como posso ajudar a procurar a mim?... Não, não estão me procurando. Não! Mas o que então? Não posso dizer outra coisa. É só confirmar, só isso. Sim, estou".

— Sim — balbuciou em resposta ao outro.

---

51 *Hei, quem está aí? Quem* é?

— O senhor precisa falar mais alto! Não dá pra escutar nada com essa chuva! — berrou o homem da lanterna.

"Gestos, gestos".

Fez um gesto de assentimento com as mãos em direção ao homem. Reconhecia agora, após o primeiro choque devido ao pensamento de que estariam todos a lhe procurar, a identidade do homem da lanterna. "O Kuhn, o filho".

— Mas o que é isso, professor... O que aconteceu no teu pes... — ia dizendo o jovem Kuhn, focando a luz da lanterna no pescoço do professor quando uma gritaria se fez ouvir em um ponto logo acima da estrada. Vários focos de luzes de lanternas recaíram sobre o local de onde irromperam os gritos.

— *Hier, hier, hier ist der Bastard, hier!*[52]

— *Fang ihn, fang ihn! Sicher! Lass er dir nicht entgehen! Lass nicht zu!*[53]

As silhuetas de três homens, impossíveis de se reconhecer com nitidez no meio da escuridão e da borrasca, surgiram na sarjeta da estrada, saídas de uma lavoura. Duas delas conduziam, cada uma posta em um dos lados, uma figura enorme e pesada, que se deixava arrastar de joelhos entre as pedras soltas. Quando alcançaram a estrada, saindo da sarjeta, atiraram-na no meio da rua, enquanto, de todos os lados, como lobos a saltarem sobre uma presa, homens caíram-lhe em cima. Surravam-lhe alguns com pedaços de pau, outros com chibatas e, alguns, ainda mais exaltados, com as lâminas dos facões. O homem gemia pragas num alemão duro contra os agressores, contorcendo-se de dores no chão.

— *Töte mich, töte mich, töte mich, aber verurteile mich nicht so! Nein, bitte nein!*[54]

— *Halt die Klappe, du Teufel!*[55]

— *Oh, oh, oh, oh, Hilfe! Hilfe!*[56] — gemia o homem no chão.

Continuaram a sova por um bom tempo, até que o homem perdesse a consciência.

Uma mulher, segurando em uma das mãos a lanterna e na outra um guarda-chuva, aproximou-se do bando, com passos velozes.

— Chega, chega, chega! Já deu, olha o estado dele... — chamou-lhes a atenção.

---

52 *Aqui, aqui, aqui está o desgraçado, aqui!*
53 *Pega ele, pega ele! Segura! Não deixa escapar! Não deixa!*
54 *Matem-me, me matem, me matem, mas não me judiem assim! Não, por favor, não*
55 *Cala a boca, seu diabo!*
56 *Ai, ai, ai, ai, socorro! Socorro*

— O quê?! Tem pena agora de um tipo desses, é?! — redarguiu um dos homens, tomado de uma fúria incontrolável.

— Pena? Que pena?! Mas vocês querem se complicar com a polícia, é isso? Logo eles vêm por aí... E o que vamos falar, hein? O quê?

A preocupação da mulher pareceu coerente ao bando, que cessou de todo as agressões.

— Agora... — apontando a luz da lanterna para a figura enorme estendida no chão, da cabeça de quem escorria muito sangue; o entorno dos olhos pareciam dois balões infláveis.

— Temos que dar um jeito nessa bagunça. Tu — fez sinal para um dos homens —, tu arruma um pedaço de corda... Deve ter alguma coisa do boi, lá atrás. *Los, los, schnell*[57]!

O homem regressou dali a poucos minutos com um pedaço de corda.

— *Lass uns gehen!*, todo mundo fazendo força agora. *Da oben, los geht's*[58]! — E se puseram a carregar a figura imensa estrada acima. — Não, não adianta. Não vai dá pra erguer, não. É muito peso. Pegam nos pés aí, vocês. Nós pegamos nas mãos aqui. *Komm schon, mach weiter*[59]!

"Mas o que está acontecendo?"

Seguiu-os de longe pela estrada, que continuava num leve aclive.

Quando o percurso se fechava numa curva à direita, sobre um barranco, ladeando aquela curva, via-se um grande pinheiro, ao lado do qual uma estradinha secundária se abria. Aos pés do barranco, ocupando a estrada, uma pequena multidão se aglomerava; feixes de luzes se espalhavam por todos os lados, destacando-se dentre eles os faróis de um caminhãozinho, estacionado em oblíquo no meio da rua, que lançava suas centelhas amarelas sobre a ribanceira.

— Tragam pra cá, tragam! — começaram os gritos da multidão.

— Tragam esse verme pra cá, vamos!

— Vamos acabar com esse desgraçado!

Ao bando dos espancadores que haviam arrastado aquela imensa figura estrada acima se juntaram outros tantos. Colocaram-se a puxá-la de todos os lados, dando a impressão para quem assistia ao sacrilégio de que rasgariam seus

---

57 *Vai, vai, lá, ligeiro!*
58 *Vamos! / Para cima, vamos!*
59 *Vamos, força!*

membros em dezenas de pedaços. Por fim, amarraram-no, juntando os dois braços acima da cabeça, em uma travessa do ripado que cercava a carroceria do caminhãozinho, na lateral aberta para a estrada. Presos os braços, sustentava-se sobre os joelhos, deixando a grande e pesada cabeça suspensa para baixo.

— *Oh, oh, oh, töte mich, töte mich, ihr Bastarde, ihr Feiglinge*[60]*!* — recobrava os sentidos aquela figura imensa.

— Cala essa boca suja, seu verme! — esbravejou uma das vozes em meio à multidão.

A um canto da estrada, sobre uma pedra, o velho Rech sentava-se, paralisado como uma estátua. Tinha no rosto pousada a máscara de um horror que fazia de seus olhos glaucos, agora cinzentos, algo definitivamente sem vida, sem expressão alguma. Mantinha-os fixos ao chão, como se tivesse o pensamento muito distante, como se nisso procurasse uma forma de escape àquela situação caótica.

— Acho que deu um ataque nele... Não se mexe, Meu Deus! — comentara uma mulher, agachada ao lado do velho, procurando despertá-lo do seu estado de inércia.

Para surpresa de todos, o velho se ergueu de repente, num gesto de puro vigor, tirou das mãos de um dos agressores um facão, e correu para a lateral do caminhãozinho onde aquela figura imensa continuava amarrada. De lá, ouviram-se as ameaças:

— *Ich werde dich töten, du Bastard, du Hund, ich werde dich töten*[61]*!*

Uma turma de homens impediu que o velho Rech atacasse o penitente, o segurando.

— Vamos tirar ele daqui, pelo amor de Deus! Vamos! Vamos tirar ele daqui antes que...

Um veículo surgiu, e nele colocaram à força o velho. O condutor fez o retorno, tomando o rumo da autoestrada.

— Hospital, levaram ele para o hospital... Os nervos dele, os nervos... — alguém comentou.

---

60 *Ai, ai, ai, me matem, me matem, seus desgraçados, seus covardes!*
61 *Vou te matar, seu desgraçado, seu cachorro, vou te matar!*

— Não... não foi por... — gemia a imensa figura, talvez tentando aos outros que se apiedassem dele.

— Seu verme, cala a boca. Você vai morrer no xadrez, seu verme...

— Professo... Professor... — murmurou a figura imensa, chamando pelo homem que reconhecia ser o professor.

O professor o encarou com consternação, apiedando-se da condição do senhor Richter, sem nada dizer.

— Professor... — voltou a chamar-lhe o senhor Richter — ... Não foi por querer, não foi! Entende?

"Entendo? O que tenho de entender e não entendo?"

Quando passou para a lateral oposta do caminhãozinho, aquela virada para a sarjeta da estrada, não pôde acreditar no que viu.

XVI.
O anjo

Isaías 53:4-12
João 3:16
João 8:12

"Não, não, por favor, não!"

A menininha, aparentemente sem vida, deitava-se, com o corpinho todo esticado, no colo do pai, que estava sentado no chão da estrada. O homem gemia, desconcertado, coisas incompreensíveis, enquanto a apertava nos braços e a beijava repetidas vezes.

— Ai, ai, ai, ai, minha menininha, minha menininha, Deus!

"Não, não pode ser. Eu... eu que queria mais do que tudo a morte, não a encontrei, e esse serzinho inocente, inocente e puro... Por quê, por quê, por quê?".

— ... escorregou do barranco, lá de cima, e aqui embaixo, na estrada, na mesma hora (que azar, né?!, minha nossa!), o Richter passava a mil, como um louco! O Alvorino, lá em cima, no asfalto, viu ele passando. Disse que tava muito rápido mesmo, e nem virava nas curvas, cortava no meio do asfalto mesmo. Mais gente viu e disse isso... — uma senhora discorria sobre o acontecido a um homem que acabara de chegar ao local.

O professor se aproximou do pai e da menininha morta, agachando-se diante deles.

— Minha menininha, minha menina, professor, minha menina, tudo o que eu tinha na vida, tudo, professor, tudo! Olha só a desgraça, olha só... — mostrava para o professor a filhinha morta entre os braços.

"Onde estive? Onde estive? Por quais caminhos andei enveredando? Pequei, pequei, pequei! Pequei contra Deus, contra este mesmo Deus que neguei durante a vida inteira. Pequei contra a vida que Ele me deu e que Ele preservou até hoje. Pequei contra os homens, não os amando o quanto podia amar, mas sim os odiando de todas as formas e com toda a força que fora possível os odiar. Pequei contra mim mesmo, odiando a mim mesmo, odiando a tudo o que me cercava. Perdão! Perdão! Perdão!"

Uma mulher muito gorda, de cabelos tão louros que ao menor foco de luz resplandeciam até na mais fechada escuridão, chegou ao local.

— Cadê? Cadê ela? Cadê? — olhava para todos os lados, lançando a pergunta a quem quer que se lhe deparasse na frente.

Caminhou alguns passos em direção à lateral do caminhãozinho virada para a sarjeta da estrada, quando gritou:

— Não! Não! Não! Minha criança, não!

Agarrava os próprios cabelos enquanto feria os próprios braços cravando neles as unhas.

O marido deixou o corpinho da menina repousado sobre o chão da estrada, indo ao encontro da mulher.

— Pai, paizinho, o que tá acontecendo? O quê? Não me diga uma coisa dessas. Não, pai, não! — chorava convulsivamente a mulher enquanto o marido tentava, abraçando-a, consolá-la. Ela se desvencilhou dos braços do homem, esbofeteou-o no rosto, como se nele visse o culpado daquela tragédia e, não resistindo a tantos assaltos, foram cedendo seus joelhos enquanto seu corpo pesado fora tombando no solo.

— Ela vai desmaiar! — acudiram a mulher de todos os lados.

Fizeram com que ela se sentasse um momento. Em poucos minutos, recuperara as forças. Voltou a ficar em pé. Caminhou em direção à filha, que permanecia prostrada onde o pai a largara no momento em que procurava acudir a esposa. Sentou-se ao lado do corpo sem vida, deitando a cabecinha de cabelos loiros da menina sobre suas pernas.

— Não acredito. Por que, meu Deus, por que a minha menina? — fazia a pergunta entre soluços.

O marido colocou-se sentado ao lado da mulher e da filhinha.

O professor ajoelhou-se diante daquela família em que a tragédia repousara. Olhou para a criança em que o fôlego da vida já não mais existia, para o desconsolo dos pais. Sentiu uma dor tão imensa lhe rasgar por dentro como se a terra mesma houvesse se revolvido em uma garra poderosa, juntando em si todo o sangue e todas as tragédias que havia acolhido em seu ventre milenar, penetrando-lhe as raízes mais profundas do seu coração. Entregara-se a um choro ao qual nunca antes havia se entregado. E neste choro havia não só o lamento pelas perdas da filha e da esposa, pela sua situação deplorável, pela sua miséria deplorável, pela morte daquele serzinho ali prostrado no chão de uma estrada, pelo luto dos pais daquele serzinho, mas havia o lamento genuíno por toda a desgraça e por toda a miséria que havia no mundo.

Era difícil, era insuportável para um homem apenas aguentar todas as desgraças do mundo sozinho, acolhê-las em sua carne e em seu coração e purgar todo este mal do mundo, pensou. "Quem poderia? Quem?".

Pegou a criança no próprio colo. Com as extremidades dos dedos de uma das mãos, com o máximo cuidado, como se fosse possível ainda lhe causar dor ou qualquer espécie de desconforto, fechou-lhe as pálpebras acima dos olhos, que ainda brilhavam como esmeraldas. Beijou-lhe a testa. Olhou atentamente para aquele rostinho em que a morte e a tragédia haviam pousado, compadecendo-se de todo, mas não em razão daquele serzinho estirado sem vida em um chão pegajoso e úmido onde ao barro misturava-se o vermelho do sangue; mas pelo fato de reconhecer aquela expressão tão própria da condição daqueles que passaram ao outro lado da existência de onde nos assistem com piedade, a nós, os vivos[62]. Reconhecera aquela mesma expressão serena e pacífica na face luminosa da mulher, e antes, no rostinho da filha morta logo após o parto, compreendendo que, de alguma maneira, ainda que fosse impossível de se explicar, permaneciam vivas, mais vivas até do que todos os que ali se encontravam. E, por fim, reconheceu que, de alguma forma também inexplicável, essa luminosidade de paz atingia e tomava o cerne de sua alma, apontando-lhe um caminho no meio da mais tenra escuridão, no meio das mais cerradas trevas.

"Um anjo, um anjo", surgiu-lhe no coração.

"Um anjo, sim, um anjo", pensou.

— Um anjo — balbuciou entre os lábios trêmulos.

— Um anjo! — exclamou, vencendo a dor terrível que ainda sentia na garganta.

Nesse momento, um raio resplandeceu muito próximo dali, seguido do rugir de um trovão. O rostinho e todo o corpo da menina foram envolvidos

---

62 *The Hollow Men*, Part. I, T.S. Eliot.

por uma aura de luz que a todos cegara por alguns segundos. Quando a luz se apagou, a chuva cessando tão repentinamente como havia irrompido, todas as vozes, uma após outra, e depois em uníssono, reconheceram o milagre que presenciavam:

— Um anjo!

— Um anjo!

— UM ANJO!

"Sim, um verdadeiro anjo", repetiu para si mesmo quando se levantou do chão da estrada, entregando o anjo para o pai, e tomando o caminho de volta para casa.

Epílogo

Lucas 15:11-32
1 João 4:12-13

Quando dobrou à esquerda na encruzilhada, enveredando pela estradinha de acesso à propriedade, refletiu que aquele homem que regressava para casa diferia em muito daquele outro que a havia deixado pela manhã com uma resolução diabólica na mente.

Viviam os homens uma era em que havia tudo, se havia pensado em tudo, e tudo se arranjado. Sobravam ideias e quinquilharias; enquanto, no coração dos homens faltava a fé, abundando a miséria de propósitos. Uma era de cinismo e de insanidade. Uma era em que os milagres estavam proibidos. Cinismo e insanidade se espalhavam como tendências às quais ninguém parecia resistir-lhes aos charmes; espalhavam-se como uma doença, tomando e arrebatando a todos.

Havia trevas? Havia. Havia trevas e havia a escuridão. Havia trevas imensas pairando sobre o mundo dos homens, e elas cresciam conforme a petulância destes homens crescia. Mas, por sobre estas trevas imensas e por sobre a petulância imensa daqueles homens, havia, contrapondo-as, e por fim, superando-as, a luz, que não sucumbira à escuridão, mas que brilhava ainda mais forte e ainda mais nítida no âmago desta escuridão e no âmago daquelas trevas. Se havia a fealdade, o grotesco, havia o belo, o verdadeiramente belo, que é capaz, mesmo diante das mais ordinárias calúnias e dos mais ímpios desvios, mesmo que os tempos imponham os seus espíritos de mudança, é capaz de sempre causar um espanto renovado sob a mesma verdade perene, infalível. Se havia a calúnia, se havia a mentira e o logro, havia a verdade, a honestidade; e, entre o mal e o bem, havia sempre, de modo inegável, a possibilidade de uma escolha, mesmo diante da realidade mais trágica, a mais perturbadora. E justo esta possibilidade de escolha a tudo mudava, a tudo redimensionando, pois havia sobre toda a tragédia e sobre toda a realidade, as mais perturbadoras, havia a justiça e havia a liberdade, ainda que fossem negadas mil vezes, durante todos os dias, por mais de mil séculos. E, o mais contundente, se havia a morte, a morte que a tudo e a todos ceifava, arruinando a tudo e a todos em sua devassidão impiedosa, havia a vida, havia a esperança na vida, uma esperança imorredoura em uma vida imorredoura, eterna, sobre a qual a morte e os seus grilhões já não tinham poder algum.

Duas flâmulas em forma de pequenos círculos reverberaram na escuridão.

"Não late. É da raça, nunca latem. Não dá aviso; quando se sente ameaçado ou ameaçados os seus, ataca, sem avisar. E morde!"

Lembrou-se do incidente que teve há alguns anos envolvendo o grande *rottweiler*. O cão conduzia um pequeno rebanho de novilhos ao pasto, quando um deles, ainda muito jovem e por isso desacostumado com a presença imponente do guia, se assustara, colocando-se a correr numa disparada; o cão se enfureceu, perseguiu o fugitivo e, quando o alcançou no meio de uma lavoura de trigo, tendo o novilho arrebentado a cerca de choque, o agarrou com as presas afiadíssimas pelo pescoço, permanecendo suspenso no ar, enquanto o boizinho se contorcia de dor e girava em volta de si mesmo. O dono dos animais correu para o lugar onde se dava o embate; deu a voz de comando para que Sebastian largasse o novilho, ao que ele, de imediato, atendeu. Porém, quando o homem se aproximou do novilho para lhe atar uma corda ao pescoço e lhe conduzir outra vez às pastagens, assustando-se novamente o animal, esboçou ele um movimento de fuga, ao que o cão respondeu, saltando-lhe outra vez no pescoço. O dono tentou intervir, pondo a mão entre o novilho e Sebastian; contudo, tanto a mão do homem como o pescoço do bicho foram dilacerados pela poderosa dentição da fera. Um tremor de frio percorreu-lhe a espinha ao reavivar a sensação da carne sendo rasgada e da ardência insuportável que se seguiu à mordida. Teve receio de que Sebastian não o reconhecesse de longe e sob o escuro. Chamou-o, então.

— Sebastian, Sebastian. Sou eu — sussurrou, ainda com um grande desconforto na garganta.

O cão prontamente saiu de sua posição de guarda, se achegando ao redor do dono.

"Reconhece só pelo cheiro. Não precisa ver. Se não, já teria atacado".

— Senta — ordenou ao animal, que lhe obedeceu.

— Pata — oferecendo-lhe Sebastian a grande pata que o dono segurou por um tempo com uma de suas mãos.

Soltou-lhe a pata, devolvendo-a ao chão; se agachou, posição que permitiu-lhe envolver o cão entre seus braços. Sebastian parecia entender o milagre que se havia operado com o dono, já que se pôs a lambê-lo com sua comprida e cálida língua de cima a baixo, enfatizando sua alegria incomensurável por ter de volta o amigo em casa, são e salvo.

Se o homem não estava propriamente feliz, ao menos sentia-se aliviado por regressar para o lar. Na verdade, nunca antes sentira tamanho alívio e tamanha sensação de conforto por se achar ao abrigo do lar.

"Todo homem é uma verdadeira majestade diante do seu cão".

Abriu o portão da cerca do pátio. Passou pelo outro portão da outra cerca, aquela que rodeava a área frontal do chalé, alcançando a porta. Indignou-se quando tocou a maçaneta e, deslizando o dorso da mão, percebeu o chaveiro pelo exterior da fechadura. "Um homem morto não se preocuparia que o roubassem. Um homem morto... Um homem vivo é diferente...".

Escancarou a porta. Tateou ao longo da parede à procura do interruptor da luz. Apertou a tecla quando o encontrou, finalmente, sem que a corrente elétrica passasse à lâmpada. "O temporal. Sem energia".

Tentou relembrar em que lugar guardara as velas. Refletindo que não houvera mudado nada de lugar desde o desaparecimento da esposa, obedecendo a isso um rito sagrado à memória dela, lembrou de que a finada as guardava sempre em uma das gavetas do balcão da cozinha. "Na última".

Abriu a gaveta, sacando uma das velas que se amontoavam lá dentro.

Meteu a mão no bolso da calça em busca do isqueiro, não o encontrando. "Deve ter caído quando o galho quebrou. Mas, de qualquer forma, estaria estragado com toda a umidade" – esquecendo-se de que o havia derrubado no piso da varanda do bar, de onde a mulher da tatuagem o havia recolhido.

Procurou na gaveta de onde havia retirado a vela por outro isqueiro ou por fósforos – nada encontrando. Acudiu-lhe a mente que havia visto, ainda no dia anterior, uma caixa de fósforos em algum lugar da casa. "Onde?". Forçou a memória, relembrando: "Na borda da churrasqueira da área". Saiu para a área, chegando à churrasqueira, na borda da qual, achou a caixa de fósforos. Ao pegá-la, lembrou-se de como houvera ela parado ali.

Fora a última noite da esposa em casa. No dia seguinte, contrariando o estado aparente de estabilidade da doença, sofrendo um mal súbito, fora levada às pressas ao hospital, de onde jamais sairia com vida. O câncer havia se espalhado do pulmão para todos os órgãos, consumindo-lhe as últimas forças num golpe fatal.

O marido havia se estressado muito durante o dia inteiro, por causa do mau funcionamento do aparador de gramas e de certas fiações elétricas que havia danificado recentemente. À noite, preparando para o jantar a carne assada na churrasqueira, encontrara muita dificuldade em fazer acender o fogo, devido à umidade comum dos dias de setembro, em que a chuva não dava trégua. Aumentara ainda mais o seu estresse. A esposa, vendo-o esbravejar diante da churrasqueira, aconselhou-o que colocasse bandejas de ovos vazias no meio da pilha de lenhas amontoadas, o que, segundo ela, dizia ser um segredo da mãe, facilitaria em muito a combustão. Ele, ainda que relutante em seu orgulho, seguiu o conselho. Porém, riscando um fósforo após o outro, não conseguia fazer com que acendessem. Por causa do nervosismo, acabou derrubando a caixinha dos fósforos no piso, e eles se espalharam por todos os lados. A mulher, calma e centrada, ajuntou todos os fósforos caídos, guardando-os um por um de volta à caixinha. Depois acendeu um deles, jogando-o dentro da churrasqueira. O fogo incendiou de imediato as bandejas de ovos e espalhou-se em labaredas pela pilha de lenhas, ao que ela, cheia de orgulho e satisfação, disse-lhe em tom de mofa: "Viu só?! Bandejas de ovos... A mãe estava certa". Ele, é claro, em nada simpatizou com a brincadeira despretensiosa da esposa, armando uma carranca que perdurou a noite inteira. A esposa tentou de todos os meios tirá-lo do mau humor, sem grande êxito. Quando deram fim ao jantar, depois que lavaram a louça, ela começou a sentir-se mal. O marido serviu-lhe chá, deu-lhe medicamentos, sendo que nada disso surtiu efeito benéfico. Durante a madrugada, o quadro se agravou de forma muito rápida e inesperada; já pela manhã seguinte, o marido se viu obrigado a procurar os cuidados médicos.

Arrependeu-se pelo comportamento que tivera naquele dia e naquela noite, a última com a esposa em casa. Depois que ela partira, passou a culpar-se todos os dias por seu ânimo alterado haver contribuído para que o estado de saúde dela se deteriorasse tão repentinamente. Talvez, pensara inúmeras vezes, se houvesse guardado para si o seu descontentamento, a sua raiva e a sua impaciência para com as coisas que não haviam saído como o esperado – "E que coisas insignificantes eram aquelas!", refletia –, talvez a esposa ainda estivesse ali, ao seu lado, em casa.

Mas era supor demais, infligir-se a culpa sobre um estado de coisas que à vontade de ninguém se dobra, escapando de todo às forças que pode um homem controlar. O organismo da esposa, apesar das intermitências entre melhoras e agraves, não resistira à doença que lhe consumira o vigor durante dois longos anos, finalmente arrebatando-lhe as últimas resistências. "Sim, ela necessitava de descanso, após ter lutado o bom combate".

Daria tudo para voltar àquela noite. Como teria então uma atitude em muito diversa daquela que tivera; como mudaria o tom e o sentido de suas próprias palavras; como aproveitaria cada segundo ao lado da mulher que lhe fora confiada como um presente, como uma dádiva. Mas, por mais que o quisesse, por mais que se concentrasse o seu arrependimento nesse desejo, não o podia fazer. Pensou em como a tudo, realmente a tudo olharíamos diferente se soubéssemos por antecipação a dor causada pela perda.

Haveria ela de tê-lo perdoado? Ateve-se, recordando-se das palavras do sacerdote sobre o perdão. "Sim", concluiu, havia o perdoado, estendendo o perdão a ele e a todos, assim como ele podia agora estender o perdão a todos e a si mesmo, reconciliando-se com os homens, com o mundo e, mais essencial, reconciliando-se com Deus.

Pegou a caixa de fósforos. Retirou uma das unidades. Riscou a ponta do fósforo contra a lateral áspera da caixinha. Uma faísca insinuou-se, logo se extinguindo. "Aqui fora pegou muita umidade, não vai funcionar". Tentou com um segundo fósforo. Dessa vez, a chama se sustentou. Entrou na casa, acendendo a vela que fixou, derramando a cera derretida no fundo, em um pote de alumínio.

À luz da vela, aproximou-se da extensa parede onde estavam dispostos os quadros de família. Focou a chama contra o quadro em que a imagem da esposa se fixava, o quadro que evitara olhar pela manhã após haver socado o espelho do corredor. Contemplou-o por um longo período, como para lhe descobrir algum aspecto que nunca antes houvera notado.

Sentiu lhe invadir uma saudade imensa da esposa.

A fotografia recompunha as linhas do seu rosto e corpo com fidelidade, conquanto, era incapaz de lhe reconstituir o cheiro, os gestos, os trejeitos, o som incomparável da voz e da risada, enfim, todas aquelas particularidades que formam a essência da pessoa tão cara para nós, particularidades dentro dos moldes que nos fornecem e pelos quais as imprimimos e as fixamos num quadro perene em nossa memória, reavivando-as e fazendo-as renascer enquanto as recordamos, ainda que fisicamente há muito mortas.

"De fato, ela não voltaria", pensou; mas, conformando-se, conforto que até então não lhe fora possível alcançar, apercebeu-se outra vez daquela serenidade pousada em seu rosto, aquela mesma fisionomia típica daqueles que nos assistem com piedade[63]. Compreendeu, por essa associação movida por uma intuição que lhe vibrava forte no espírito, estar ela em um lugar e em uma condição muito melhores, descansando em seu leito de paz.

Resignou-se.

Pôs o pote de alumínio, dentro do qual a vela se mantinha firme, em cima da mesa de jantar. Despiu-se das roupas encharcadas, atirando-as a um canto do corredor. À luz de vela, achou o caminho do banheiro, desviando dos cacos de vidro espalhados pelo assoalho à altura de onde antes se fixava o espelho na parede. Sacou uma toalha, enxugando-se. Saiu outra vez ao corredor. Pegou a vela de sobre a mesa de jantar e, depois, rumou ao quarto.

Quando entrou no recinto, pousou a vela sobre a cômoda, ao lado da cabeceira da cama.

Sentia-se exausto, de uma maneira como nunca havia se sentido antes. Frêmitos de dor subiam-lhe do calcanhar até a medula. Todo seu corpo estava estiraçado. Atirou-se no colchão.

Antes que se entregasse ao sono, sentira algo lhe tocar o ombro. Virou-se, atônito, deparando-se com uma borboleta em listas amarelas e negras que se alternavam pelo corpo delgado. Esvoaçava ao seu redor.

Acompanhou-lhe o voo, repleto de curiosidade. O inseto perfez algumas voltas em torno da chama da vela, quando, por fim, pousou sobre a capa do grosso volume que ficava sobre a cômoda.

O homem pegou o livro entre as mãos, o que fez com que a borboleta se alteasse em um novo voo, desaparecendo do recinto do quarto. Reparou nas bordas daquilo que parecia um envelope enfiado entre as páginas do volume. Abriu-o.

Examinou aquilo que, de fato, como pudera se certificar, era um envelope. Em um dos lados, escrito a lápis, leu: "Com amor, o maior presente, daquela que sempre estará contigo em espírito". Reconheceu a letra da esposa.

---

63 Idem nota 62.

Rompeu o lacre do envelope. De dentro retirou uma antiga fotografia de quando ele era ainda uma criança de poucos meses. Sorria de um modo que escancarava a boquinha, um sorriso que depois em sua vida jamais voltaria a se renovar. Na parte inferior da foto colava-se uma tirinha estreita de papel em que se lia: "Quero você sempre assim".

Consternou-se, não podendo conter as lágrimas.

Quando ia recolocar a fotografia entre as páginas do volume de onde a havia retirado, notou, destacado em amarelo, o seguinte trecho no livro:

"Eu sou a verdade, o caminho e a vida".

Sentiu-se abrigado, inteiramente abrigado. Sentiu que algo o sustentara até ali, que algo o quisera ali, o quisera neste mundo e nesta vida ardentemente, não apenas o trazendo a esta vida, mas o vigiando e o protegendo desde os tempos mais remotos da infância, dos quais nem mesmo poderia fazer ideia alguma, até o dia de hoje, quando havia se entregado à morte e ao profundo desespero dos quais supunha não haver saídas.

De alguma forma, ainda que não soubesse apontar, ainda que não soubesse nomear, algo muito maior do que toda a miséria e do que toda a tragédia que havia no mundo, algo que acenava em resposta ao seu grito de desespero, algo que o retirava do abismo terrivelmente sombrio em que havia se afundado, algo lhe convocava de volta à vida.

Decidiu que viveria mais um dia, intuindo que em sua alma apenas o princípio de uma luta ferrenha e árdua se havia iniciado.

Esticou a mão em direção à cômoda, pousando sobre ela o grosso volume, o envelope e a foto. Soprou sobre a chama da vela, que oscilou diante de seus olhos por um momento, extinguindo-se por fim, encerrando o quarto em densa escuridão. Na sua alma, uma chama tímida, mas nem por isso menos intensa, continuava a brilhar.

Virou-se de lado, entregando-se a um sono sereno e profundo.

FIM.

**INFORMAÇÕES SOBRE NOSSAS PUBLICAÇÕES
E ÚLTIMOS LANÇAMENTOS**

editorapandorga.com.br
/editorapandorga
pandorgaeditora
editorapandorga

PandorgA